中國文史經典講堂

聊齋志異選評

中國文史經典講堂

聊齋志異選評

編選單位 中國社會科學院文學研究所
主編 楊義 副主編 劉躍進
選注·譯評 劉方喜

責任編輯　　楊　帆
裝幀設計　　鍾文君

書　　名　中國文史經典講堂・聊齋志異選評
編選單位　中國社會科學院文學研究所
主　　編　楊　義
副 主 編　劉躍進
選注・譯評　劉方喜
出　　版　三聯書店（香港）有限公司
香港鰂魚涌英皇道1065號1304室
JOINT PUBLISHING (H.K.) CO., LTD.
Rm. 1304, 1065 King's Road, Quarry Bay, Hong Kong
發　　行　香港聯合書刊物流有限公司
香港新界大埔汀麗路36號3字樓
SUP PUBLISHING LOGISTICS (HK) LTD.
3/F., 36 Ting Lai Road, Tai Po, N.T., Hong Kong
印　　刷　深圳中華商務安全印務股份有限公司
深圳市龍崗區平湖鎮萬福工業區
版　　次　2006年9月香港第一版第一次印刷
規　　格　大32開（140 × 210mm）216面
國際書號　ISBN-13: 978.962.04.2583.7
ISBN-10: 962.04.2583.9

Published in Hong Kong

主編的話

中國正在經歷着巨大的變革，已經成為全世界矚目的焦點；中華民族創造的輝煌文化也日益顯現出它的奪目光彩。華夏五千年文明，就是我們民族生生不已的活水源頭，就是我們民族卓然獨立的自下而上之根。

“問渠哪得清如許，為有源頭活水來。”

為探尋這活水源頭，為培植這生存之根，中國社會科學院文學研究所成立五十多年來，一直把文化普及工作放在相當重要的位置，並為此作了大量的、卓有成效的工作。早在二十世紀五六十年代，文學研究所就集中智慧，着手編纂《文學概論》、《中國少數民族文學史》、《中國文學史》、《中國現代文學史》等通論性的論著。與此同時，像余冠英先生的《樂府詩選》(1953年出版)、《三曹詩選》(1956年出版)、《漢魏六朝詩選》(1958年出版)，王伯祥先生的《史記選》(1957年出版)，錢鍾書先生的《宋詩選注》(1958年出版)，俞平伯先生的《唐宋詞選釋》(初名《唐宋詞選》，1962年內部印行，1978年正式出版)，以及在他們主持下編選的《唐詩選》等大專家編寫的文學讀本也先後問世，印行數十萬冊，在社會上產生了廣泛而又深遠的影響。進入新的時期，文學研究所秉承傳統，又陸續編選了《古今文學名篇》、《唐宋名篇》、《台灣愛國詩鑒》等，並在修訂《不怕鬼的故事》的基礎上新編《不信神的故事》等，贏得了各個方面的讚譽。

擺在讀者面前的這套“中國文史經典講堂”依然是這項工

作的延續。其編選者有年逾古稀的著名學者，也有風華正茂的年輕博士，更多的是中青年科研骨幹。我們希望通過這樣一項有意義的文化普及工作，在傳播優秀的傳統文學知識的同時，能夠讓廣大讀者從中體味到我們這個民族美好心靈的底蘊。我們誠摯地期待着廣大讀者的批評指正。

目　錄

前言

蒲松齡(1640—1715)，清代著名文學家，字留仙，一字劍臣，別號柳泉，山東淄川(今淄博市)人，有《蒲松齡集》，文言短篇小說集《聊齋志異》則是其代表作。蒲松齡的父親學識淵博，卻連秀才也未考中，後因家境窮困，被迫棄儒經商。蒲松齡從小就熱衷科名，十九歲時參加童子試，縣、府、道均考第一，頗有文名，極受當時主持山東學政的著名詩人施閏章賞識，讚他“運筆成風”，補博士弟子員，但此後卻屢考不中，直到四十多歲時始補廩膳生，而“五十餘猶不忘進取”。因生活所迫，康熙六年(1667)，蒲松齡曾在淄川東北的豐泉鄉王村教館任職，其一生“五十年以舌耕度日”。康熙九年(1670)，應聘南遊做寶應縣令孫蕙的幕賓，次年孫調署高郵州，又隨往，這段生活使他在對官場和世情等認識上積累下豐富的感性經驗。康熙十年(1671)，返回故里，自此，在同邑縉紳家設帳授徒，同時準備應舉。康熙十八年(1679)，到縉紳畢家坐館，直到康熙四十九年(1710)，才撤帳歸家，結束“舌耕度日”生涯，這時他已七十一歲，好在畢家藏書甚富，讀書極方便。蒲松齡一生從未懈怠舉業，應考不下七次，卻終未考中舉人，七十一歲才援例出貢，而四年後便去世。蒲松齡一生著作頗豐，除詩文、《聊齋志異》外，尚存俚曲十四種，其中十三種被輯為《聊齋俚曲集》，這其中又有六種是由《聊齋志異》直接改編而成的。

蒲松齡年輕時就開始寫作《聊齋志異》，康熙十八年作《聊齋自誌》時，此書已完成很大一部分，但此後還不斷有所修改和增補，一直到他晚年才最後成書，可謂一生心血之結晶。該書未脫稿時就開始在朋友間傳閱，深得大文人王士禛賞識。在《聊齋》近五百篇的作品中，一類作品篇幅短小而不具有故事情節，屬於各類奇異傳聞的簡單記錄，其中早期作品居多；另一類則是情節曲折、形象生動的精心結撰之作，多為描寫花妖狐魅、神仙鬼怪等非人形象的奇幻故事，這類自覺創作的作品文學價值也相對較高。據《三借廬筆談》記載，蒲松齡常設茶煙於道旁，"見行者過，必強與語，搜奇說異，隨人所知"，"偶聞一事，歸而粉飾之"，此說未可盡信，但據《聊齋自誌》"才非干寶，雅愛搜神；情類黃州，喜人談鬼。聞則命筆，遂以成編。久之，四方同人，又以郵筒相寄，因而物以好聚，所積益夥"，可知《聊齋》很多素材確實來自當時民間和下層文士中間的故事傳說。《聊齋》所涉及的地域空間以山東淄川為中心，又輻射向從遼東到海南、從勞山到雲南、從福建到西安、從京都到邊塞等廣大區域，而這種取材範圍顯然與蒲松齡的生平經歷有很大關係。蒲松齡一生大部分時間生活在淄邑和濟南之間，雖遊歷不廣，但交遊卻廣，大小官僚，縉紳名士，鉅賈裨販，農夫村婦，僕妾娼妓，乃至賭棍酒鬼，流氓無賴，僧道術士等等，三教九流，各色人等，無不有所接觸，當然，接觸最多的當是奔競於科場內外的形形色色的文人舉子。文言小說起自六朝志怪而盛於唐代傳奇，干寶的《搜神記》是志怪書的代表作，而有唐一代則堪稱此一統緒的極盛期，盛而後衰，魯迅《中國小說史略》認為宋以後的文言小說，"既平實而乏文彩，其傳奇，又多託往事而避近聞，擬古且遠不逮，更無獨創之可言”，“蓋傳奇風韻，明末實瀰漫天下”，數量多了，但在藝術上卻往往平庸而不足道。《聊齋》而後至於清末民初，也還不斷出現不少文言小說，如《新齊諧》、《閱微草堂筆記》等等，“亦記異事，貌如志怪者流，而盛陳禍福，專主懲勸，已不足以稱小說”。在此期間，起源於民間評話的白話小說卻不斷發展、壯大起來了。恰恰在此文言小說衰、白話小說興的歷史階段，《聊齋》異軍突起，為文言小說一翼的發展別開了一番生面。魯迅稱《聊齋》為“擬晉唐小說”，“用傳奇法，而以志怪”，《聊齋》的成功處之一，正在於創造性地做到了“一書兼二體”，從而融通二體，淩駕二體，最終成為文言小說的集大成者。以文、白論，今人大都認為《聊齋》乃“文言小說之集大成者”，“達到了文言小說的最高成就”；若以長、短論，則蒲松齡堪稱最傑出的短篇小說家，白話短篇作者，也罕有可與其媲美者。

題材廣泛的《聊齋志異》堪稱一部生活百科全書，人情、民俗、科場內外、吏治、商業活動、民間工藝等等各個領域，無不有所涉及，人物上也是三教九流，無所不賅，僅此一點也是前此志怪傳奇所無法比擬的。《聊齋》社會批判涉及的方面很多，如《羅剎海市》，作品表層描述的是顛倒、扭曲美醜關係的現象，而所批判的重心卻主要在評價人的價值標準中“文章”與“形貌”等關係的顛倒與扭曲。作者批判的矛頭更多指向吏治的腐敗，在一些並不以批判吏治腐敗為主題的作品中，也可見吏治腐敗的陰影，如《紅玉》、《竇氏》等。《聊齋》社會批判的另一重要對象是黑暗的科場，此類批判最能體現其藝術表現上的特點，即“諷世”與“感懷”的高度統一、真與幻二重世界的對比。如《羅剎海市》的結構是二元的，如果說第一層（《羅剎》部分）相對側重於“諷世”的話，那麼，第二層（《海市》部分）的加入，則使整篇作品做到了“諷世”與“感懷”的高度交融。《司文郎》也是將感懷與諷世結合得比較好的作品，而《褚生》、《葉生》等作品的感懷色彩則更強了，作者構築起幻想世界，於其中或可得到些許短暫的精神撫慰，但作者在清醒之中又擊碎了這幻想世界，由此表現出的精神幻滅是何等沉痛乃至慘烈！《聊齋》所幻設的狐鬼世界，一方面，與現實的人間比較起來，男女更容易得到自由的結合，因而於其中可以得到一定的精神撫慰，但是，另一方面，誠如今人所覺察到的，“那些人與狐鬼之間曠男怨女的短暫結合，缺乏世俗生活的明朗歡快，而總是給人以幽淒的感覺”，這恰是作者揮之不去的深層的精神幻滅感造成的。《聊齋》中有一部分是關於各種神奇道術的描寫，如《勞山道士》、《妖術》、《僧術》、《翩翩》、《畫皮》等，總的來說，其區別於古代一般神怪傳奇小說之處在於：後者的着重點往往放在方術的神奇上，而《聊齋》的側重點則在人對待方術的態度上，並以此透視人性的弱點乃至陰暗面，這就賦予其敘述以批判性的思想深度。《聊齋》肯定性的思想意義，主要是通過塑造一系列成功的女性形象、描寫男女關係的豐富性等表現出來的。《宦娘》篇直接以男女知音為主題，《嬌娜》篇強調女子對於男子來說，“顛倒衣裳”的豔妻不如“色授魂與”的膩友。《聊齋》一方面肯定了情慾相對獨立的合理性（享樂性），另一方面揭示了男女之間除了情慾之外還可以產生許多豐富的關係。從男女“力量對比”關係來看，《聊齋》表現“男強女弱”的作品有《聶小倩》、《青鳳》、《公孫九娘》等，而《聊齋》描寫男女關係成功的作品更多的似乎主要表現為“女強男弱”。《嬌娜》中儘管後來男救女，但首先是女救男；在《翩翩》中男主人公簡直是被仙女善意地玩弄於股掌之間；《葛巾》中，男主人公常大用在追求女主人公葛巾中戰戰兢兢、誠惶誠恐，而女主人公葛巾則從容鎮定、不慌不忙；《黃英》篇中女主人公是那樣從容不迫地降服了男主人公。《嬰寧》篇是這類作品中最為成功的篇章之一，嬰寧的憨笑中其實隱藏着智慧，以為她憨、癡、獃的男主人公卻原來才真正的憨、癡、獃。“女強男弱”中曲折地顯露出了人鬼（仙）戀中的男主人公的無力感，這種無力感又是作者無力感的曲折表現，並進而顯露出了那個時代的文人群體普遍所存在的某種無力感，這就顯示出了《聊齋》較大的思想史意義。

《聊齋志異》在人物言語描寫方面，可以說是妙語連珠能入《世說》，傳神寫照堪比唐詩，如《黃英》、《狂生》等篇。《聊齋》語言精煉，辭彙豐富，辭采璨然，句法極富變化，往往在單行奇句中，間用駢詞儷語，典雅工麗，優遊不迫，形成了文言所特有的那種節奏感，使文言獨特的表現力得到較為充分的開掘。另一方面，《聊齋》又博採口語，化用方言，使文言這種書面語言形式更加貼近生活，新鮮活潑，比如《翩翩》中兩位仙女的對話，寫得幽默風趣，極富生活氣息。《聊齋》行文極講“文法”、“筆法”，對此清代評點家多有總結，比如有“轉筆”法（《葛巾》）、“蓄筆”法（《王桂庵》），“蓄筆”與“轉筆”都可謂“曲筆”，文筆曲折有致是其共同點，還有“雙提法”（《晚霞》）等等。再如懸疑法、伏筆法、烘托法等等更是在許多作品中有大量運用。《聊齋》對六朝志怪、唐傳奇的奇幻美的創造傳統，不僅有所繼承，而且有大幅度的發展：寓意性提升了《聊齋》的思想價值，而奇幻美的創造性發展則提升了《聊齋》的審美價值。從意象層來看，《聊齋志異》工於賦物，而其勝處不在“形奇”而在“神幻”。《聊齋》創造出了大量人與物（人以外的狐鬼妖仙等皆可謂之“異物”）幻化而出的幻像，當然並非其中所有幻像都能傳神，而其能傳神之處在於：幻像不是人與物外形的機械拚合，而是人性與物性的有機融合，比如《葛巾》、《黃英》等篇的形象塑造做到了人性與花性的妙合無間，《綠衣女》篇寫得更像一首詠物寫人而能傳神寫照、神韻超然的優雅、純美的小詩。從意境層來看，《聊齋志異》工於造境，其勝處不在“事奇”而在“境幻”，而最神妙的乃是作者所造“鬼境”。《葉生》篇中，葉生落榜鎩羽後嗒喪而歸，形銷骨立，癡若木偶，“無何，寢疾”，“而服藥百裹，殊罔所效”，“疾革難遽瘥，請先發”，可是“踰數日，門者忽通葉生至”，一個“忽”字加上前面的描寫實已足夠暗示葉生已死但卻不知死，但明倫評點道：“極幻異、極支離事，隨筆敘入，了無痕跡。”在此基礎上，篇末非常傳神地營造出了一種非常奇幻的境界氛圍。創造幻境的另一佳作是《褚生》篇，陳生隨鬼湖上遊覽，聽鬼姬唱歌，“姬戚戚有憂容。劉命之歌，為歌《蒿里》”，“姬起謝，強顏歡笑，乃歌豔曲”，後來“又至皇親園，見題句猶存，而淡墨依稀，若將磨滅。始悟題者為魂，作者為鬼”，這些描寫已夠奇幻，而更奇幻的是“魂附體”、“魂出體”兩處描寫，可以說極盡致幻之能事。從實際的審美效果來看，“形奇”、“事奇”不一定會產生較大的心理衝擊力，人對待“奇”可能會無動於衷，而“幻”本身就是通過人的心理感受表現出來的，在欣賞中，只要也只有充分發揮審美想像、充分地進行審美體驗體味，就能也才能從“幻”中獲得充分的審美享受。除了意象、意境上的傳神外，《聊齋志異》在藝術上的另一大民族特色是在風格上的“婉而多諷”，比如《王子安》、《翩翩》、《黃英》等篇都具有這樣的藝術特點。

本書選文以張友鶴輯校《聊齋志異會校會注會評本》(中華書局1962年7月北京第1版)為底本，另參考張友鶴選注《聊齋志異選》（人民文學出版社1956年12月北京第1版）、朱其鎧主編《新注全本聊齋志異》（人民文學出版社1989年9月北京第1版）等。

聊齋自誌

披蘿帶荔，三閭氏感而為騷[1]；牛鬼蛇神，長爪郎吟而成癖[2]。自鳴天籟，不擇好音[3]，有由然矣。松落落秋螢之火，魑魅爭光；逐逐野馬之塵，罔兩見笑[4]。才非干寶，雅愛搜神[5]；情類黃州，喜人談鬼[6]。聞則命筆[7]，遂以成編。久之，四方同人，又以郵筒相寄，因而物以好聚，所積益夥[8]。甚者：人非化外，事或奇於斷髮之鄉[9]；睫在眼前，怪有過於飛頭之國[10]。遄飛逸興[11]，狂固難辭；永託曠懷[12]，癡且不諱。展如之人[13]，得毋向我胡盧[14]耶？然五父衢[15]頭，或涉濫聽；而三生石[16]上，頗悟前因。放縱之言，有未可概以人廢者。松懸弧[17]時，先大人夢一病瘠瞿曇[18]，偏袒入室，藥膏如錢，圓黏乳際，寤[19]而松生，果符墨誌。且也：少羸[20]多病，長命不猶[21]。門庭之淒寂，則冷淡如僧；筆墨之耕耘，則蕭條似鉢。每搔頭自念，勿亦面壁人[22]果是吾前身耶？蓋有漏根因，未結人天之果[23]；而隨風蕩墮，竟成藩溷之花。茫茫六道[24]，何可謂無其理哉！獨是子夜熒熒，燈昏欲蕊；蕭齋瑟瑟，案冷疑冰。集腋為裘，妄續幽冥之錄[25]；浮白載筆，僅成孤憤之書[26]：寄託如此，亦足悲矣！嗟乎！驚霜寒雀，抱樹無溫；弔月秋蟲，偎欄自熱。知我者，其在青林黑塞[27]間乎！

注釋

1. 三閭氏：指戰國時楚國著名詩人屈原，屈原曾任三閭大夫官職。騷：指屈原《楚詞》之《離騷》，屈原因受讒害而被楚王放逐，於是有感而作《離騷》。披蘿帶荔：語出《楚詞・九歌・山鬼》，指山鬼以薜荔、女蘿為衣帶。荔指薜荔，蔓生常綠灌木，也叫木蓮，古人又稱為香草；蘿指女蘿，就是松蘿，也是蔓生植物。

2. 長爪郎：指唐詩人李賀，據說他的指爪長得很長，他經常騎馬吟詩，得到好的詩句就投入隨身所帶的錦囊中，所以說他吟而成癖；牛鬼蛇神：指李賀詩歌中有許多關於鬼神的描寫。
3. 天籟：自然的音響，古人經常以此喻指不刻意選擇表達形式而任由情感自然流露而成的文學藝術作品，所以又說不擇好音。
4. 魑魅、罔兩：古人指木石、山川中的精靈、鬼怪；落落：微小的樣子；逐逐：追逐的樣子；野馬：指春天田野裡看上去很像野馬奔騰一樣的微小灰塵。全句意思是說：作者自己學識淺、地位低得就像螢火一樣，又不得不在塵世中忙碌追逐，這樣難免要被鬼神所輕視和嘲笑。
5. 干寶：晉人，他創作的《搜神記》是一部記載神怪故事的書；雅：很。
6. 類：類似；黃州：指宋人蘇軾，他被貶湖北黃州時，很喜歡聽別人講鬼怪的故事。
7. 命筆：下筆寫作。
8. 夥：多。
9. 化外：指沒有文化、教化的地方；斷髮之鄉：有剪短頭髮、紋身等習俗的地方，古人指湖南、湖北等地，認為那裡是沒有開化的地方。
10. 飛頭之國：古代神話傳說，飛頭之國的人，頭能晚上飛離自己的身體，天亮的時候又能飛回來。
11. 遄：很快的樣子；逸興：非同尋常的興致。
12. 曠懷：曠達開擴的胸懷。
13. 展如之人：誠實的人。
14. 胡盧：形容笑的樣子。
15. 五父衢：古代街道名。

16. 三生石：在古代泛指所謂前世因緣。

17. 懸弧：在古代，某家生了男孩後在門左懸掛一張弓，後來就以懸弧指生子。這裡指作者出生時。

18. 先大人：對死去的父親的尊稱；瞿曇：這裡指和尚。

19. 寤：醒來。

20. 羸：瘦弱。

21. 長命不猶：長大了命運不如人。

22. 面壁人：指和尚。

23. “蓋有”句：佛教說法中，漏指煩惱，根指人的根性，因指人所做的，果指人所承受的，人天指或轉生人世或超升天界。

24. 六道：佛教以天道、地道、阿修羅道為三善道，以地獄道、餓鬼道、畜生道為三惡道。

25. 幽冥之錄：指宋劉義慶所著《幽冥錄》。

26. 浮白：指喝酒乾杯；孤憤之書：戰國時韓非受人忌害後憤而著書《韓非子》，其中有一篇叫《孤憤》，表達了他的憤慨之情。

27. 青林黑塞：比喻鬼魂所在的地方。

勞山道士

邑有王生，行七，故家[1]子。少慕道，聞勞山多仙人，負笈[2]往遊。登一頂，有觀宇，甚幽。一道士坐蒲團上，素髮垂領，而神觀[3]爽邁。叩而與語，理甚玄妙。請師之。道士曰：“恐嬌惰不能作苦。”答言：“能之。”其門人甚眾，薄暮畢集。王俱與稽首，遂留觀中。淩晨，道士呼王去，授以斧，使隨眾採樵。王謹受教。過月餘，手足重繭，不堪其苦，陰[4]有歸志。一夕歸，見二人與師共酌，日已暮，尚無燈燭。師乃剪紙如鏡，黏壁間。俄頃，月明輝室，光鑑毫芒。諸門人環聽奔走。一客曰：“良宵勝樂，不可不同。”乃於案上取酒壺，分賚[5]諸徒，且囑盡醉。王自思：七八人，壺酒何能徧給？遂各覓盎盂，競飲先釂[6]，惟恐樽盡；而往復挹注，竟不少減。心奇之。俄一客曰：“蒙賜月明之照，乃爾寂飲。何不呼嫦娥來？”乃以箸擲月中。見一美人，自光中出。初不盈尺，至地遂與人等。纖腰秀項，翩翩作“霓裳舞”。已而[7]歌曰：“仙仙乎，而還乎！而幽我於廣寒乎！”其聲清越，烈如簫管。歌畢，盤旋而起，躍登几上，驚顧之間，已復為箸。三人大笑。又一客曰：“今宵最樂，然不勝酒力矣。其餞我於月宮可乎？”三人移席，漸入月中。眾視三人，坐月中飲，鬚眉畢見，如影之在鏡中。移時，月漸暗，門人然燭來，則道士獨坐而客杳矣。几上餚核尚存。壁上月，紙圓如鏡而已。道士問眾：“飲足乎？”曰：“足矣。”“足宜早寢，勿悞樵蘇[8]。”眾諾而退。王竊忻慕，歸念遂息。又一月，苦不可忍，而道士並不傳教一術。心不能待，辭曰：“弟子數百里受業仙師，縱不能得長生術，或小有傳習，亦可慰求教之心；今閱[9]兩三月，不過早樵而暮歸。弟子在家，未諳[10]此苦。”道士笑曰：“吾固謂不能作苦，今果然。明早當遣汝行。”王曰：“弟子操作多日，師略授小技，此來為不負也。”道士問：“何術之求？”王曰：“每見師行處，牆壁所不能隔，但得此法足矣。”道士笑而允之。乃傳以訣，令自咒畢，呼曰：“入之！”王面牆不敢入。又曰：“試入之。”王果從容入，及牆而阻。道士曰：“俛首驟入，勿逡巡[11]！”王果去牆數步，奔而入；及牆，虛若無物；回視，果在牆外矣。大喜，入謝。道士曰：“歸宜潔持[12]，否則不驗。”遂助資斧[13]遣之歸。抵家，自詡遇仙，堅壁所不能阻，妻不信。王傚其作為，去牆數尺，奔而入，頭觸硬壁，驀然而踣[14]。妻扶視之，額上墳起，如巨卵焉。妻揶揄之。王慚忿，罵老道士之無良而已。

異史氏曰：“聞此事未有不大笑者，而不知世之為王生者，正復不少。今有傖父[15]，喜疢毒而畏藥石[16]，遂有舐癰吮痔者[17]，進宣威逞暴之術，以迎其旨，紿[18]之曰：‘執此術

也以往，可以橫行而無礙。’初試未嘗不小效，遂謂天下之大，舉[19]可以如是行矣，勢不至觸硬壁而顛蹶不止也。”

注釋

1. 故家：官宦老家庭。
2. 笈：書箱。
3. 神觀：神氣。
4. 陰：私下，暗地裡。
5. 賚：賞賜。
6. 釂：乾杯。
7. 已而：等一會兒，然後。
8. 蘇：割野草。
9. 閱：經歷了，過去了。
10. 諳：熟習。
11. 逡巡：欲進不進的樣子。
12. 潔持：用恭敬嚴肅的態度對待，不要褻瀆的意思。
13. 資斧：盤纏，路費。
14. 踣：摔倒。
15. 傖父：卑鄙無聊的傢伙。
16. 疢毒：指使人傷害身體的放縱行為；藥石，治病的藥物。
17. 舐癰吮痔者：卑鄙無恥的傢伙。
18. 詒：同“紿”，欺騙的意思。
19. 舉：完全、全部的意思。

串講

這是《聊齋志異》中一個流傳極廣的幽默故事。王生一直想求道成仙，於是就到了勞山，遇到了一個道行很高的道士，王要拜他為師，但道士說：恐怕你嬌弱、懶惰而不能承受修道的辛苦吧？王信誓旦旦地說肯定能，於是，道士就收他為徒。天才剛剛亮，道士就把王生喊了過去，讓他隨眾徒弟上山砍柴。其後，每天都是如此，這樣過了一個多月，手和腳上長滿了老繭的王生，覺得再也無法繼續承受這種辛苦了，暗地裡就打起了下山回家的主意。這天晚上，王生砍完柴回到道觀中，看見兩個人與師傅正在飲酒。天已黑了，屋裡還沒有點燈，這時候，就見他的師傅用紙剪了一個圓形的鏡子，往牆上一貼，那紙鏡子就像月亮一樣突然大放光芒，屋裡頓時一片大亮。其中的一個客人建議，讓道士的徒弟們一起喝酒，於是就拿起桌上的酒壺要分給他們喝，眾徒弟各自找酒杯，忙着斟酒，搶着喝了起來，惟恐壺裡的酒倒完了，可是倒來倒去，壺裡的酒就是不見減少。過了一會兒，一個客人拿起一隻筷子往牆壁上的月亮中一扔，就見一個美人慢慢地從月光中飄然而出，開始很小，才一落地，就與正常人一般大小了。於是，美人翩翩起舞，唱起了動聽的歌。唱完歌，美人又飄然落在酒桌上，眾人還沒有從驚奇中緩過神來，美人卻一下子又變成了筷子。另一個客人建議到月亮裡去飲酒，於是三個人就飄飄然進了月亮，眾人看他們三個人就像鏡子裡的影像一樣，眉毛、鬍子都清晰可見。過了一會兒，月光漸漸地暗了下來，徒弟們點起了燈，卻發現只有師傅一個人獨自坐着，兩個客人已不見蹤影。王生又羨慕又高興，打消了回家的念頭。又熬過了一個月，可是還不見師傅有傳給他道術的意思，王生實在忍受不下去了，就向道士辭行，請求道士能傳給他一點道術。道士就根據他的要求傳授給了他穿牆之術，但是警告他不要濫用，否則就不靈驗了。王生滿意而歸，回到家，向妻子大吹大擂，妻子不相信，他就離牆數尺，猛地向牆衝了過去，結果頭撞在了硬梆梆的牆壁上，一下子癱軟在地，頭上起了個大疙瘩，引得他妻子哈哈大笑。

評析

這個幽默故事令人捧腹而又寓意深刻，其關鍵詞在“潔持”二字。小說給人留下較深印象的有兩個細節，一是文中道士剪紙為月那一段，二是文末描寫王生“去牆數尺，奔而入，頭觸硬壁，驀然而踣”那一段。第一個細節描寫的特點是奇幻，這是傳統志怪小說的當行本色，而此文與傳統志怪之不同處在於：傳統志怪往往只停留於事件的神奇本身，而此文則重在寓意；許多志怪小說的奇幻細節的描寫，有時遊離於整體結構之外，遊離於人物性格刻畫之外，而此文的這一細節則是小說整體結構的一個重要環節，是出於刻畫人物的需要才安排的。此文結構安排比較精緻，是一篇結構完整的短篇小說。王生“慕道”，要拜道士為師，道士說“恐嬌惰不能作苦”，王生堅持說能，道士就留下他，讓他整天上山砍柴，過了一個多月他就“不堪其苦，陰有歸志”。正是在這種情況下，出現了剪紙為月的細節描寫，此細節明寫道士，其實暗寫王生，看到道士的神奇道術後，王生就打消了回去的念頭，可見這一細節是王生學道整個過程的一個重要轉捩點，同時又揭示了王生學道的目的或動機——小說開頭寫王生“慕道”，並未寫他要向道士學什麼，至此可見，王生所慕乃是神奇之“術”，而非“道”。又過了一個月，王生終於還是堅持不下去了，辭行時請求“略授小技”，這時出現了道士兩次“笑”：第一次，道士笑曰：“吾固謂不能作苦，今果然。”說明道士早看透他了，其預測是準確的；第二次，王生說要學穿牆之術，道士“笑而允之”，此笑當有兩方面含義：一是笑其所欲學，二由第一次笑推測，道士可能已經預測到王生學會後回去會發生什麼。從結構上來看，第一次笑承接了前文，第二次笑又引發了下文；從人物關係來看，兩次笑表明道士對王生下一步的行動似乎總是瞭如指掌。王生學穿牆術由“面牆不敢入”，到“從容入，及牆而阻”，再到“去牆數步，奔而入；及牆，虛若無物”。這種描寫乃是下面情節的鋪墊，因為只有“去牆數步，奔而入”才會使王生在後面的炫耀中頭上撞出個大疙瘩！經過以上精心的藝術描寫，最後一個細節就不再僅僅是好笑了，在好笑中，王生的性格特徵被活脫脫地勾畫出來了，可謂是通過細節描寫達到了傳神的效果，而讀者所記住的，當首先是通過滑稽情節所勾畫出的王生豐滿而可感的形象，然後才是其深刻的寓意。理解該篇寓意的關鍵是道士對王生的行動何以能預測那麼準，第一次預測“恐嬌惰不能作苦”可能根據的是王生文弱的外表，由此可引申出的一個寓意是：好逸惡勞難成大器，這可以說是相對表層的一個寓意。第二次笑中所隱含的預測則可以說涉及兩種關係：一是“道”與“術”的關係，道家認為“道”高於“術”，得大道自然得神術，得“術”則是小道，志在小道者或能一時成功，終必失敗；二是“心”與“術”的關係，所謂心不正則術不驗。這兩方面又可合為對待道術要“潔持”：心正可謂“潔持”，而以“道”馭“術”才是更高層次的“潔持”，這當是更深層的寓意。今人推測王生學穿牆術進一步的目的是騙人乃至偷盜，所以道士提前懲罰了他。存在這種可能性，但作品並未寫到，由作品對王生的描寫也不能必然得出這一結論。其實，學“術”棄“道”，心已不正，得一小術就大肆炫耀本身已更足見其心術不正，何必還要等他去騙人、偷盜呢！作者在“異史氏曰”指出另一種寓意，即“宣威逞暴之術”“初試未嘗不小效”而勢必要“觸硬壁而顛蹶不止”，近於今人所謂的“陰謀一時有效，然而也終究有限”等等，這其實也可以從“道（德）”與“術”的關係中推導出來：以“術（無論是陰謀還是暴力等等）”馭人，不如以“德”服人。這裡要強調的是，作者的說法不能視作是這篇作品寓意的惟一解釋，不同於一般寓言作品，作為文學性極強的小說，其意義指向具有開放性而非鎖定在一個特定概念上，這恰恰是其成功處之一。再者，如何對待神奇的方術，是《聊齋志異》中的一個重要主題，其中涉及這一主題的篇章很多，對這些作品的主題思想當貫通理解，總的來說，其區別於古代一般神怪傳奇小說之處在於：後者的着重點往往放在方術的神奇上，而其側重點則在人對待方術的態度上，並以此透視人性的弱點乃至陰暗面，這就賦予其敘述以批判性的思想深度。以此來看，“潔持”說同樣可以用於分析《妖術》等作品。

嬌娜

孔生雪笠，聖裔[1]也。為人蘊藉[2]，工詩。有執友令天台[3]，寄函招之。生往，令適卒，落拓[4]不得歸，寓菩陀寺，傭[5]為寺僧抄錄。寺西百餘步，有單先生第[6]，先生故公子，以大訟蕭條，眷口寡，移而鄉居，宅遂曠焉。一日，大雪崩騰，寂無行旅。偶過其門，一少年出，丰采甚都[7]。見生，趨與為禮，略致慰問，卽屈降臨。生愛悅之，慨然從入。屋宇都不甚廣，處處悉懸錦幕；壁上多古人書畫。案頭書一冊，籤云"瑯嬛瑣記。"翻閱一過，俱目所未睹。生以居單第，以為第主，卽亦不審官閥[8]。少年細詰行蹤，意憐之，勸設帳授徒。生嘆曰："羈旅[9]之人，誰作曹丘[10]者？"少年曰："倘不以駑駘[11]見斥，願拜門牆[12]。"生喜，不敢當師，請為友。便問："宅何久錮[13]？"答曰："此為單府，曩以公子鄉居，是以久曠。僕，皇甫氏，祖居陝。以家宅焚於野火，暫借安頓。"生始知非單。當晚，談笑甚懽，卽留共榻。昧爽[14]，卽有僮子熾炭於室。少年先起入內，生尚擁被坐。僮入白："太公來。"生驚起。一叟入，鬢髮皤然[15]，向生殷謝曰："先生不棄頑兒，遂肯賜教。小子初學塗鴉[16]，勿以友故，行輩[17]視之也。"已，乃進錦衣一襲，貂帽、襪、履各一事[18]。視生盥櫛[19]已，乃呼酒薦饌[20]。几、榻、裙、衣，不知何名，光彩射目。酒數行[21]，叟興辭，曳杖而去。餐訖，公子呈課業，類皆古文詞，並無時藝[22]。問之，笑云："僕不求進取也。"抵暮，更酌曰："今夕盡懽，明日便不許矣。"呼僮曰："視太公寢未；已寢，可暗喚香奴來。"僮去，先以繡囊將琵琶至。少頃，一婢入，紅妝豔絕。公子命彈《湘妃》[23]，婢以牙撥勾動[24]，激揚哀烈，節拍不類夙聞[25]。又命以巨觴[26]行酒，三更始罷。次日，早起共讀。公子最惠，過目成詠，二三月後，命筆警絕。相約五日一飲，每飲必招香奴。一夕，酒酣氣熱，目注之。公子已會[27]其意，曰：“此婢乃為老父所豢養。兄曠邈無家[28]，我夙夜[29]代籌久矣，行當為君謀一佳耦[30]。”生曰：“如果惠好，必如香奴者。”公子笑曰：“君誠‘少所見而多所怪’者矣。以此為佳，君願亦易足也。”居半載，生欲翱翔[31]郊郭，至門，則雙扉外扃[32]，問之，公子曰：“家君恐交遊紛[33]意念，故謝[34]客耳。”生亦安之。時盛暑溽熱，移齋園亭。生胸間腫起如桃，一夜如盌，痛楚吟呻。公子朝夕省視，眠食都廢。又數日，創劇，益絕食飲。太公亦至，相對太息。公子曰：“兒前夜思先生清恙，嬌娜妹子能療之，遣人於外祖母處呼令歸。何久不至？”俄僮入白：“娜姑至，姨與松姑同來。”父子疾趨入內。少間，引妹來視生。年約十三四，嬌波[35]流慧，細柳[36]生姿。生望見顏色，嚬呻頓忘，精神為之一爽。公子便言：“此兄良友，不啻[37]胞也，妹子好醫之。”女乃斂羞容，揄[38]長袖，就榻診視。把握之間，覺芳氣勝蘭。女笑曰：“宜有是疾，心脈動矣。然症雖危，可治；但膚塊已凝，非伐[39]皮削肉不可。”乃脫臂上金釧安患處，徐徐按下之。創突起寸許，高出釧外，而根際餘腫，盡束在內，不似前如盌闊矣。乃一手啟羅衿，解佩刀，刃薄於紙，把釧握刃，輕輕附根而割，紫血流溢，沾染牀席。而貪近嬌姿，不惟不覺其苦，且恐速竣割事，偎傍不久。未幾，割斷腐肉，團團然如樹上削下之癭[40]。又呼水來，為洗割處。口吐紅丸，如彈大，著肉上，按令旋轉；才一周，覺熱火蒸騰；再一周，習習作癢；三周已，遍體清涼，沁入骨髓。女收丸入咽，曰：“愈矣！”趨步出。生躍起走謝，沉痼[41]若失。而懸想容輝，苦不自已。自是廢卷癡坐，無復聊賴[42]。公子已窺之，曰：“弟為物色，得一佳偶。”問：“何人？”曰：“亦弟眷屬。”生凝思良久，但云：“勿須。”面壁吟曰：“曾經滄海難為水，除卻巫山不是雲。”公子會其指[43]，曰：“家君仰慕鴻才[44]，常欲附為婚姻。但止一少妹，齒[45]太穉。有姨女阿松，年十八矣，頗不粗陋。如不見信，松姊日涉園亭，伺前廂，可望見之。”生如其教，果見嬌娜偕麗人來，畫黛彎蛾[46]，蓮鉤蹴鳳[47]，與嬌娜相伯仲[48]也。生大悅，求公子作伐[49]。公子翼日[50]自內出，賀曰：“諧[51]矣。”乃除[52]別院，為生成禮。是夕，鼓吹闐咽[53]，塵落漫飛，以望中仙人，忽同衾幄，遂疑廣寒宮殿，未必在雲霄矣。合巹[54]之後，甚愜心懷。一夕，公子謂生曰：“切磋之惠，無日可以忘之。近單公子解訟

歸，索宅甚急，意將棄此而西。勢難復聚，因而離緒縈懷。”生願從之而去。公子勸還鄉閭，生難之。公子曰：“勿慮，可卽送君行。”無何[55]，太公引松娘至，以黃金百兩贈生。公子以左右手與生夫婦相把握，囑閉眸勿視。飄然履空，但覺耳際風鳴，久之曰：“至矣。”啟目，果見故里。始知公子非人。喜叩家門，母出非望，又睹美婦，方共忻慰[56]。及回顧，則公子逝矣。松娘事姑[57]孝；豔色賢名，聲聞遐邇。後生舉進士，授延安司李[58]，攜家之[59]任。母以道遠不行。松娘舉一男[60]，名小宦，生以忤直指[61]，罷官，罣礙[62]不得歸。偶獵郊野，逢一美少年，跨驪駒，頻頻瞻顧。細視，則皇甫公子也。攬轡停驂[63]，悲喜交至。邀生去，至一村，樹木濃昏，蔭翳天日。入其家，則金漚浮釘[64]，宛然世族。問妹子則嫁；岳母已亡：深相感悼。經宿別去，偕妻同返。嬌娜亦至，抱生子，掇提而弄曰：“姊姊亂吾種矣。”生拜謝曩德。笑曰：“姊夫貴矣。創口已合，未忘痛耶？”妹夫吳郎，亦來謁拜。信宿[65]乃去。一日，公子有憂色，謂生曰：“天降凶殃，能相救否？”生不知何事，但銳自任[66]。公子趨出，招一家俱入，羅拜堂上。生大駭，亟問。公子曰：“余非人類，狐也。今有雷霆之劫。君肯以身赴難，一門可望生全；不然，請抱子而行，無相累。”生矢[67]共生死。乃使仗劍於門，囑曰：“雷霆轟擊，勿動也！”生如所教。果見陰雲晝暝，昏黑如礐。回視舊居，無復閈閎[68]，惟見高塚巋然，巨穴無底。方錯愕間，霹靂一聲，擺簸山嶽，急雨狂風，老樹為拔。生目眩耳聾，屹不少動。忽於繁煙黑絮之中，見一鬼物，利喙長爪，自穴攫一人出，隨煙直上。瞥睹衣履，念似嬌娜。乃急躍離地，以劍擊之，隨手墮落。忽而崩雷暴裂，生仆，遂斃。少間，晴霽，嬌娜已能自甦。見生死於旁，大哭曰：“孔郎為我而死，我何生矣！”松娘亦出，共舁[69]生歸。嬌娜使松娘捧其首；兄以金簪撥其齒；自乃撮其頤[70]，以舌度[71]紅丸入，又接吻而呵之。紅丸隨氣入喉，格格作響，移時，醒然而甦。見眷口滿前，恍如夢寤。於是一門團圞，驚定而喜。生以幽壙不可久居，議同旋里[72]。滿堂交贊，惟嬌娜不樂。生請與吳郎俱，又慮翁媼不肯離幼子，終日議不果[73]。忽吳家一小奴，汗流氣促而至。驚致研詰[74]，則吳郎家亦同日遭劫，一門俱沒。嬌娜頓足悲傷，涕不可止。共慰勸之。而同歸之計遂決。生入城勾當[75]數日，遂連夜趣裝[76]。既歸，以閒園寓公子，恒反關之；生及松娘至，始發扃。生與公子兄妹，棋酒談讌，若一家然。小宦長成，貌韶秀，有狐意。出遊都市，共知為狐兒也。

異史氏曰：“余於孔生，不羨其得豔妻，而羨其得膩友也。觀其容可以忘飢；聽其聲可以解頤[77]。得此良友，時一談宴，則‘色授魂與[78]’，尤勝於‘顛倒衣裳[79]’矣”。

注釋

1. 聖裔：孔子的後代；聖：這裡指孔子。

2. 蘊藉：態度儒雅風流。

3. 執友：志同道合的好朋友；令天台：做天台這個地方的縣令。

4. 落拓：潦倒、倒楣的樣子。

5. 傭：受僱傭。

6. 第：貴族、官僚的住宅。

7. 都：美好，漂亮。

8. 審：詢問；官閥：家世。

9. 羈旅：在外作客的意思。

10. 曹丘：典出《史記》，漢代有個複姓曹丘的人，到處讚揚一個叫季布的人，使這個人名聲大振，後來古人就以曹丘或曹丘生借指介紹、推薦。

11. 駑駘：駑、駘都是指劣馬，借喻能力不高，學問不大。

12. 門牆：孔子的弟子子貢把孔子高深的學問比作華美的宮廷，因其門牆太高，旁人難以進入其堂奧，後來借用門牆指師門，拜門牆即拜師。

13. 錮：門上鎖。

14. 昧爽：天還沒有大亮的時候。

15. 皤然：對老年人白頭髮的形容詞。

16. 塗鴉：指寫作低劣，文字塗改太多；初學塗鴉：這裡指才剛開始研究學問。

17. 行輩：班輩，這裡指同輩。

18. 事：件。

19. 盥櫛：梳洗。

20. 薦饌：獻上食品。

21. 酒數行：勸人喝酒叫“行酒”，酒數行指敬過幾遍酒了。

22. 時藝：指八股文。

23.《湘妃》：指古曲《湘妃怨》。

24. 牙撥：用象牙做的彈奏琵琶的工具；勾動：彈奏。

25. 夙聞：從前聽過的。

26. 巨觴：大酒杯。

27. 會：明白。

28. 曠邈無家：遠離家鄉、沒有娶妻的意思。

29. 夙夜：日日夜夜。

30. 耦：同“偶”。

31. 翱翔：這裡指出遊。

32. 扃：上鎖。

33. 紛：擾亂。

34. 謝：謝絕，辭去。

35. 嬌波：女性嬌美的眼神。

36. 細柳：比喻身長秀美的樣子。

37. 不啻：超過，不止。

38. 掄：提起。

39. 伐：割除。

40. 瘿：腫瘤。

41. 沉痼：日久難治癒的病。

42. 無復聊賴：無聊、乏味而不高興的樣子。

43. 指：同“旨”。

44. 鴻才：大的才能。

45. 齒：指年齡。

46. 畫黛彎蛾：畫的眉毛彎而細。

47. 蓮鈎蹴鳳：蓮鈎指女性瘦彎的腳；蹴是踏、穿的意思；鳳指鳳頭鞋。

48. 相伯仲：不相上下。

49. 作伐：語出《詩經》：“伐柯如何？匪斧不克。取妻如何？匪媒不得。”後世以作伐、執柯代指作媒。

50. 翼日：即翌日，第二天。

51. 諧：這裡指辦妥了。

52. 除：打掃，清除。

53. 闐咽：響亮，吵鬧。

54. 合巹：婚禮中的一種儀式，泛指舉辦婚禮。

55. 無何：沒有多久。

56. 忻慰：即欣慰。

57. 姑：這裡指丈夫的母親。

58. 司李：也叫“司理”，官名，類似後來的法官。

59. 之：前往，赴。

60. 舉一男：生了一個男孩。

61. 忤：冒犯，得罪；直指：官名，這裡指奉派在外調查、巡察的高級官吏。

62. 罣礙：也稱“罣誤”，指官員因某一案件的牽連而被免職後，還要聽候處理，不得自由行動。

63. 攬轡停驂：帶住韁繩停住馬。

64. 金漚浮釘：古代宮、廟或貴族大家門上的一種金色突起的裝飾物。

65. 信宿：住了兩夜。

66. 銳自任：迅速而堅決地承擔下來。

67. 矢：發誓。

68. 閈閎：里巷的大門。

69. 舁：抬。

70. 撮其頤：用手捏住他的腮巴。

71. 度：送進。

72. 旋里：回老家。

73. 不果：不能決定。

74. 研詰：追問。

75. 勾當：料理，收拾。

76. 趣裝：匆忙地整理行李。

77. 解頤：開口笑。

78. 色授魂與：指在男女之間的情感交流中，被美色所打動而精神又能融合其中。

79. 顛倒衣裳：這裡隱指性行為。

串講

這是一個關於書生與狐女之間超越性愛的友情的故事。書生孔雪笠的好朋友在天台做縣令，寫信邀請他去，當他到了天台時，這個好朋友卻恰好去世了。他窮困潦倒，只好寄居在菩陀寺，受僱為和尚抄寫東西。在菩陀寺附近有一處大宅第，宅第的主人姓單，因為官司問題搬到鄉下去住了，這處宅第就空了下來。一天下大雪，孔生被一少年請進宅第，少年要拜他為師，他很高興，但不敢當老師，願意成為朋友。孔生問少年："屋門為什麼一直鎖着？"少年告訴他："我姓皇甫，暫時借住單先生家。"孔生這才知道原來他不是屋的主人。兩個人非常談得來，孔生就住了下來。第二天，少年的父親感謝孔生收他兒子為徒，宴請了他。晚上，少年又為孔生擺了一桌酒席，並讓一個叫香奴的婢女來彈唱助興。少年非常聰明，兩三個月後文章就寫得非常不錯了。他們兩人每五天喝一次酒，每次都讓香奴來彈唱助興。孔生看着香奴心有所動，少年明白他的意思，就告訴孔生一直在為他尋找佳偶。住了半年後，孔生想去郊外散散心，走到大門口，卻發現大門從外反鎖着。這時正逢酷熱的夏天，孔生胸前腫了起來，少年就請妹妹嬌娜來治療。孔生發現嬌娜年輕貌美，竟然忘了疼痛，心裡暗暗希望診治得慢一些，能與她近距離多呆一會兒。嬌娜割去孔生胸前腫起的腐肉，用水清洗，然後又從嘴中吐出一粒紅丸，按在患處旋轉了幾圈，孔生就痊癒了。病是治好了，可是孔生朝思暮想着嬌娜，喪魂落魄。少年告訴孔生，已為他找到了佳偶，孔生知道不是嬌娜，就說算了。少年解釋說：嬌娜年齡還太小，姨妹阿松與嬌娜一樣漂亮。孔生看了後，發現果然如此，就與松娘成了親。一天晚上，少年對孔生說：房主單先生官司已了結，正催要房子，他們要向西搬家了。孔生要與他們一起走，少年勸他還是回自己的故鄉。後來，松娘生了個男孩，孔生考中進士到延安做官，後又得罪上司被免職，滯留在延安。一天，孔生打獵時重遇皇甫公子，這才知道：岳母已去世，嬌娜已嫁人。於是，大家重又團聚。一日，公子告訴孔生，他們不是人類而是狐狸，大禍臨頭，請孔生救命。孔生發誓一定會生死與共，於是仗劍立於門外，天黑如夜，回頭一看，剛才所住的房屋已變成墳墓。狂風大作，暴雨傾盆，突然看見一個魔鬼從墓穴裡抓起一個人。孔生看所穿衣物，覺得像是嬌娜，就跳了起來，一劍刺去，嬌娜掉了下來；接着一聲巨雷，孔生倒在地上。過了一會兒，重又天晴，眾人把孔生抬回家，嬌娜用紅丸把孔生救活。嬌娜丈夫一家人在這次大禍中全部遇難，於是嬌娜兄妹就與孔生一起回孔生的故里安了家，從此親如一家人。

評析

本故事的關鍵詞在“膩友”。“嬌娜”在《聊齋》乃至眾多其他古代文學作品所描寫的所有女性形象中也都顯得非常獨特，因為在古代文學作品中，男女關係不外兩種，一是血緣關係，二是婚姻關係，而此篇則揭示和描述了第三種關係，即作者所謂的“膩友”關係，其思想意義首先在於揭示了男女關係的豐富性，使女性形象不再僅僅局限於只是“顛倒衣裳”中的一種性符號了——在這個意義上，此篇應與《宦娘》等篇參讀。此篇中兩次寫到的嬌娜口中的“紅丸”，乃是她與孔生之間關係重要的象徵物，第一次是這樣描寫的：嬌娜“口吐紅丸，如彈大，著肉上，按令旋轉；才一周，覺熱火蒸騰；再一周，習習作癢；三周已，遍體清涼，沁入骨髓”。孔生的病被治癒了。那麼，細究起來，孔生之病是因何而有的？篇中直接寫的是酷暑之燥熱，而嬌娜診斷後笑曰：“宜有是疾，心脈動矣。”其病在“心脈”。那麼，心脈又是因何而動的呢？文中前此寫到香奴為孔生與皇甫公子彈唱助酒，而孔生“酒酣氣熱，目注之”，可知其心脈是因“色”因“慾”而動的，其病因不僅在外在酷暑之燥熱，而且更在內在色慾之燥熱，而紅丸則使其由“熱火蒸騰”而“遍體清涼”，紅丸所平息的當也包括燥熱的色慾之火，而“清涼”何嘗不可以描述男女之間超越燥熱色慾的那種溫情脈脈的膩友關係呢？因此紅丸治病的隱喻是：兩人之間的關係超越情慾而得到了第一次提升，這也可以視作男主人公情慾的一次淨化。由此來看，嬌娜以外的另外兩個女性形象也具有一定象徵性，可以說香奴引動了孔生的情慾，而松娘則滿足了孔生的情慾，作者並非否棄男女之間的情慾關係，只是揭示男女之間除此以外，還可以建立超越情慾的關係，可以說作者並非把“膩友”視作是男女之間唯一的最理想的關係，其思想落腳點可以說恰在揭示和肯定男女之間關係的豐富性。第二次則是這樣描寫的：嬌娜“自乃撮其頤，以舌度紅丸入，又接吻而呵之。紅丸隨氣入喉，格格作響，移時，醒然而甦”。第一次是紅丸治病，這一次則是紅丸救命，而兩人的關係也隨之被提升到了生命相維繫（孔生也救了嬌娜）的高度，這可以是男女膩友關係更高境界的升華。作者還通過一個細節描寫揭示了兩人關係的純潔性，孔生救了皇甫公子一家，“滿堂交贊，惟嬌娜不樂”，嬌娜不樂的原因，是惦記着丈夫吳郎一家的安危。“以舌度紅丸入，又接吻而呵之”的描寫可以說是對儒家所謂“男女授受不親”的婉諷，作品所描寫的新型的男女關係，一方面超越了傳統，另一方面又可以說恰恰深植於我們民族另一種偉大傳統之中，即對待人的感性慾望的不即不離：“顛倒衣裳”、沉湎色慾可謂“不離”，而像西人所謂完全斷絕感性慾望的“柏拉圖式的精神戀愛”則又可謂“不即”，“觀其容可以忘飢；聽其聲可以解頤”、“色授魂與”則體現了不即不離的高度統一。

嬌娜形象的塑造也可見作者的藝術匠心，嬌娜為孔生診斷後笑曰：“宜有是疾，心脈動矣。”但明倫評道：“妙語解頤，笑可傾城。”“慧心妙舌，如聞其聲，如見其人。”再次相遇，嬌娜又笑曰：“姊夫貴矣。創口已合，未忘痛耶？”但氏又評道：“只三語十二言，而面面俱到，所謂回眸一笑，百媚俱生。”通過人物的言語，一個聰慧活潑、善解人意而又不乏幽默的女性形象，被栩栩如生地勾畫出來了。另外，在一些細節上，也可見作者創作之精細，如這段描寫：“居半載，生欲翺翔郊郭，至門，則雙扉外扃，問之，公子曰：‘家君恐交遊紛意念，故謝客耳。’生亦安之。”公子的回答顯然是搪塞之詞，通過“雙扉外扃”這一細節作者實際上暗示他們生活在“另一世界”。細微之處，也多有作者的藝術匠心在，讀者當細細品味。

妖術

于公者，少任俠，喜拳勇，力能持高壺，作旋風舞。崇禎間，殿試在都，僕疫不起，患之。會市上有善卜者，能決人生死，將代問之。旣至，未言。卜者曰：“君莫欲問僕病乎？”公駭應之。曰：“病者無害，君可危。”公乃自卜。卜者起卦，愕然曰：“君三日當死！”公驚詫良久。卜者從容曰：“鄙人有小術，報我十金，當代禳[1]之。”公自念，生死已定，術豈能解；不應而起，欲出。卜者曰：“惜此小費，勿悔勿悔！”愛公者皆為公懼，勸罄橐以哀之[2]。公不聽。倏忽至三日，公端坐旅舍，靜以覘[3]之，終日無恙。至夜，闔戶挑燈，倚劍危坐[4]。一漏[5]向盡，更無死法。意欲就枕，忽聞窗隙窣窣有聲。急視之，一小人荷戈入；及地，則高如人。公捉劍起，急擊之，飄忽未中。遂遽[6]小，復尋窗隙，意欲遁去。公疾斫之，應手而倒。燭之[7]，則紙人，已腰斷矣。公不敢臥，又坐待之。踰時[8]，一物穿窗入，怪獰如鬼。才及地，急擊之，斷而為兩，皆蠕動。恐其復起，又連擊之，劍劍皆

中，其聲不爽[9]。審視，則土偶，片片已碎。於是移坐窗下，目注隙中。久之，聞窗外如牛喘，有物推窗欞，房壁震搖，其勢欲傾。公懼覆壓，計不如出而鬪之，遂剨然脫扃[10]，奔而出。見一巨鬼，高與簷齊；昏月中，見其面黑如煤，眼閃爍有黃光；上無衣，下無履，手弓而腰矢[11]。公方駭，鬼則彎[12]矣。公以劍撥矢，矢墮。欲擊之，則又彎矣。公急躍避，矢貫於壁，戰戰[13]有聲。鬼怒甚，拔佩刀，揮如風，望公力劈。公猱進[14]，刀中庭石，石立斷。公出其股間，削鬼中踝，鏗然有聲。鬼益怒，吼如雷，轉身復剁。公又伏身入；刀落，斷公裙。公已及脅下，猛斫之，亦鏗然有聲，鬼仆而僵。公亂擊之，聲硬如柝[15]。燭之，則一木偶，高大如人。弓矢尚纏腰際，刻畫猙獰；劍擊處，皆有血出。公因秉燭待旦，方悟鬼物皆卜人遣之，欲致人於死，以神其術[16]也。次日，徧告交知，與共詣卜所。卜人遙見公，瞥不可見[17]。或曰："此翳形術[18]也，犬血可破。"公如言，戒備而往。卜人又匿如前。急以犬血沃立處，但見卜人頭面，皆為犬血模糊，目灼灼如鬼立。乃執付有司[19]而殺之。

異史氏曰："嘗謂買卜為一癡。世之講此道而不爽[20]於生死者幾人？卜之而爽，猶不卜也。且即明明告我以死期之至，將復如何？況有借人命以神其術者，其可畏不尤甚耶！"

注釋

1. 禳：畫符唸咒、向神祈禱以趕走鬼怪，化凶為吉。

2. 罄橐以哀之：掏空腰包裡的錢去哀求他。

3. 覘：窺視，觀察。

4. 危坐：挺身端坐。
5. 漏：古代計時器具。
6. 遽：急忙。
7. 燭之：用火照看它。
8. 踰時：過了一些時候。
9. 其聲不耎：指聲音脆硬而不柔和。
10. 剨然：本指破裂的聲音，這裡形容猛地打開門的聲音；脫扃：打開門。
11. 手弓而腰矢：手裡握弓，腰間插箭。
12. 彎：彎弓。
13. 戰戰：形容顫動的樣子。
14. 猱進：像猴子一樣輕捷地躍進。
15. 柝：古時夜間巡更時敲的木梆。
16. 以神其術：來證明他的卜術靈驗。
17. 瞥不可見：一瞥之間就看不見了。
18. 翳形術：隱身法。
19. 有司：官吏。
20. 不爽：不差。

串講

這是一個關於神奇方術的小故事。于公擅長武功，在京城應試時，僕人病了，就想到集市上代僕人算卦。到了那裡，于公還沒有開口，算卦的就說：僕人倒是沒有什麼問題，于公卻非常危險了，到第三天必死無疑，但是他有辦法能讓于公逢凶化吉，只要給十兩金子就行。于公沒答理他。很快到了第三天，于公端坐在旅社裡靜靜地觀察着，白天過去了，並沒有出現什麼異常情況。到了晚上，于公關上門窗，點上燈，拿着劍端坐着，一更天快過去了，依然沒有出現什麼情況。于公正要上牀睡覺，突然聽到窗縫間傳來窣窣的聲音，急忙一看，一個扛着戈的小人正從窗縫間擠進來，才一落地，就變成了與普通人一般高。于公拿劍就砍，沒擊中，那東西又變成小人想找窗縫逃出去，于公又是一劍，將其擊落在地。拿燈一照，原來卻是個紙人。又過了一會兒，又一個怪物從窗縫穿了進來，于公又將其擊落，仔細一看，是個土偶。過了很久，窗外傳來像牛一樣的喘氣聲，窗戶被推搖着，房屋搖搖欲墜，于公急忙打開門跑出去，看見門外站着一個高大的鬼怪，就與它打鬥起來，最後將其擊倒在地，一看，是個大木偶。于公終於明白了，這是算卦人搞的鬼，想將其致死，來證明他的卦術的高明與靈驗，於是就與朋友一起將那算卦的捉拿歸案。

評析

本故事的關鍵詞是“命”與“術”。小說塑造了一個武功高強、不信邪的俠客形象，其中俠客與惡鬼相鬥過程的描寫，簡潔有力，精彩傳神。關於本篇的寓意，作者在“異史氏曰”中說：“嘗謂買卜為一癡。世之講此道而不爽於生死者幾人？卜之而爽，猶不卜也。且卽明明告我以死期之至，將復如何？況有借人命以神其術者，其可畏不尤甚耶！”概括言之可作古語“道心惟微，人心惟危”之別解：“命”之不可卜可見天道之“微”，“術”之不被“潔持”而濫用可見人心之“危”，也即所謂人心險惡。此篇可與《勞山道士》等參讀。

葉生

淮陽葉生者，失其名字。文章詞賦，冠絕[1]當時，而所如不偶[2]，困於名場[3]。會關東丁乘鶴，來令是邑，見其文，奇之，召與語，大悅。使即官署，受燈火[4]，時賜錢穀恤其家。值科試[5]，公遊揚於學使[6]，遂領冠軍。公期望綦[7]切。闈後[8]，索文讀之，擊節[9]稱歎。不意時數限人[10]，文章憎命[11]，榜既放，依然鎩羽[12]。生嗒喪[13]而歸，愧負知己，形銷骨立，癡若木偶。公聞，召之來而慰之。生零涕不已。公憐之，相期考滿[14]入都，攜與俱北。生甚感佩。辭而歸，杜門[15]不出。無何，寢疾。公遺問[16]不絕，而服藥百裹[17]，殊罔所效。公適[18]以忤上官免，將解任去。函致生，其略云："僕東歸有日，所以遲遲者，待足下耳。足下朝至，則僕夕發矣。"傳之臥榻。生持書啜泣，寄語來使："疾革難遽瘥[19]，請先發。"使人返白，公不忍去，徐待之。踰數日，門者忽通葉生至[20]。公喜，逆而問之。生曰："以犬馬病[21]，勞夫子久待，萬慮不寧。今幸可從杖履[22]。"公乃束裝戒旦[23]。抵里，命子師事生，夙夜與俱。公子名再昌，時年十六，尚不能文[24]。然絕惠，凡文藝三兩過，輒無遺忘。居之期歲[25]，便能落筆成文。益之公力，遂入邑庠[26]。生以生平所擬舉子業[27]，悉錄授讀，闈中七題[28]，並無脫漏，中亞魁[29]。公一日謂生曰："君出餘緒[30]，遂使孺子成名。然黃鍾長棄[31]，奈何！"生曰："是殆有命。借福澤為文章吐氣，使天下人知半生淪落，非戰之罪[32]也，願亦足矣。且士得一人知己，可無憾，何必拋卻白紵[33]，乃謂之利市[34]哉！"公以其久客，恐悞歲試[35]，勸令歸省。慘然不樂。公不忍強，囑公子至都，為之納粟[36]。公子又捷南宮[37]，授部中主政[38]，攜生赴監[39]，與共晨夕。踰歲，生入北闈[40]，竟領鄉薦[41]。會公子差南河典務[42]，因謂生曰：“此去離貴鄉不遠。先生奮蹟雲霄，錦還為快。”生亦喜。擇吉就道，抵淮陽界，命僕馬送生歸。歸見門戶蕭條，意甚悲惻。逡巡至庭中，妻攜簸具以出，見生，擲具駭走。生淒然曰：“我今貴矣！三四年不覿[43]，何遂頓[44]不相識？”妻遙謂曰：“君死已久，何復言貴？所以久淹[45]君柩者，以家貧子幼耳。今阿大亦已成立，行將卜窀穸[46]，勿作怪異嚇生人。”生聞之，憮然[47]惆悵。逡巡入室，見靈柩儼然[48]，撲地而滅。妻驚視之，衣冠履舄如蛻委焉[49]。大慟，抱衣悲哭。子自塾中歸，見結[50]駟於門，審所自來，駭奔告母。母揮涕告訴。又細詢從者，始得顛末。從者返，公子聞之，涕墮垂膺。即命駕哭諸其室；出橐[51]為營喪，葬以孝廉禮。又厚遺其子，為延師教讀。言於學使，逾年遊泮[52]。

異史氏曰：“魂從知己，竟忘死耶？聞者疑之，余深信焉。同心倩女，至離枕上之魂[53]；千里良朋，猶識夢中之路[54]。而況繭絲蠅迹，嘔學士之心肝[55]；流水高山，通我曹之性命者哉[56]！嗟乎！遇合難期，遭逢不偶。行蹤落落[57]，對影長愁；傲骨嶙嶙，搔頭自愛。歎面目之酸澀，來鬼物之揶揄[58]。頻居康了[59]之中，則鬚髮之條條可醜；一落孫山之外，則文章之處處皆疵。古今痛哭之人，卞和惟爾；顛倒逸群之物，伯樂伊[60]誰？抱刺於懷，三年滅字[61]，側身以望，四海無家。人生世上，只須合眼放步，以聽造物之低昂而已。天下之昂藏[62]淪落如葉生其人者，亦復不少，顧安得令威[63]復來，而生死從之也哉？噫！”

注釋

1. 冠絕：首屈一指，沒有人能比得上。
2. 所如不偶：走到哪裡都倒楣。古人以偶數為吉利的數位，不偶指命運不好。
3. 名場：科舉的考場。
4. 受燈火：古人夜讀點燈是要花錢的，燈火轉指讀書求學的花費，受燈火，意思是接受讀書求學的資助。
5. 科試：科舉考試中鄉試前的預考。
6. 遊揚：到處讚揚；學使：古代主持各省學政和科舉考試的官員。
7. 綦：甚，很，非常。
8. 闈後：闈，科舉考試的場所，闈後指考完試後。
9. 擊節：打拍子，常用於形容非常讚賞。
10. 不意：沒想到；時：時運；數：命運。
11. 文章憎命：語出杜甫詩句“文章憎命達”，意思是說文章之好與考場、官場運氣之好似乎是不可並存的，這是一種憤激的說法。
12. 鎩羽：本指鳥翅膀折斷，借指事情失敗。
13. 嗒喪：這裡指喪氣的樣子。
14. 考滿：指官員定期考察時間夠了，其後可能會遷調。

15. 杜門：關門。

16. 遺問：贈送東西並慰問。

17. 百裹：百包，百劑。

18. 適：恰巧。

19. 革：厲害；瘥：病癒。

20. 門者：看門人；通：通報。

21. 犬馬：自我謙稱。

22. 杖履：尊稱老年人出門。

23. 束裝戒旦：打好行李，等待一早就出發。

24. 文：做文章。

25. 期歲：滿一年。

26. 邑庠：縣學府。古代讀書人考中秀才後才有進縣學府讀書的資格，所以入邑庠也指考中秀才。

27. 舉子業：指應付科舉考試的八股文。

28. 闈中七題：明代科舉首場考試中有"四書"義三題、"五經"義四題，合為七題。

29. 亞魁：第二名。

30. 出餘緒：使出了很少的才學。

31. 黃鍾長棄：語出《楚辭》，借指才學高卻反而考不中科舉。

32. 非戰之罪：語出《史記》，這裡借指不是文章沒有做好。

33. 白紵：平民所穿白衣。

34. 利市：走運。

35. 歲試：秀才三年一回的考試。

36. 納粟：這裡指捐錢買監生。監生可做官或用相當於秀才的資格去應考舉人。

37. 南宮：禮部的別稱，禮部主持進士考試，捷南宮指考中進士。

38. 主政：官名。

39. 監：指國子監，監生讀書的地方。

40. 北闈：指在順天府（今北京）舉行的鄉試。

41. 領鄉薦：在鄉試中考中了舉人。

42. 差南河典務：指奉派到南河做查工、核料、收稅一類事務。

43. 不覿：不見。

44. 頓：立刻。

45. 淹：久留，耽擱。

46. 卜窀穸：卜卦選擇墓地安葬。

47. 憮然：形容失意的樣子。

48. 儼然：這裡指顯然、明明白白。

49. 舄：一種鞋子；如蛻委焉：指衣物褪落像蟲類脫皮一樣。

50. 結：拴繫。

51. 出橐：出錢。

52. 泮：指泮宮，古代講學的地方；遊泮：泮宮讀書，指考中了秀才。

53. "同心"句：典出《太平廣記·離魂記》，故事講的是一個叫倩娘的女子，她的魂離開自己的身體，與心愛的人遠逃。

54. "千里"句：典出《韓非子》，故事講的是一個人三次在夢裡去看好朋友都迷路而又返回來。

55. "繭絲"句：指文章像蠶繭抽絲一樣源源不斷，字迹寫得像蠅頭一樣細小；嘔學士之心肝：指唐詩人李賀作詩太辛苦，要把心肝嘔出來才停止。

56. "流水"句：典出《列子》，講的是春秋時，伯牙琴彈得好，卻只有鍾子期能聽出他的琴聲中含有高山流水的意思，後以此比喻知己。

57. 落落：豁達，大度。

58. 揶揄：諷刺，挖苦。

59. 康了：科舉沒考中的意思。

60. 伊：發語詞，無義。

61. "抱刺"句：典出《後漢書》，刺指刻有姓名的竹簡、木片等，相當於現在的名片。東漢彌衡想拜見權要，但過了三年刺上所刻名字都磨掉了也沒有一個人接見他。

62. 昂藏：形容氣概不凡的樣子。

63. 令威：指傳說中漢代學道成仙的丁令威。

串講

這是一個關於報答知遇之恩竟至於“忘死”的故事。淮陽葉生寫文章首屈一指，命卻不好，科舉屢考不中。縣令丁乘鶴非常欣賞他，招他進官署，資助他讀書應考。又考完一次試，丁公覺得葉生考試所寫文章非常好，對葉生期望很高，可是葉生還是沒有考中。葉生喪魂落魄，感覺辜負了丁公的知遇之恩，非常慚愧，身體日漸消瘦，像木偶一樣整天發獃。丁公安慰他，與他約定，等自己任期考核完後，一起進京。葉生非常感動，回到家後把自己關在家裡不再出門，不久就病了，丁公不斷派人送藥、慰問，可是葉生的病情就是不見好轉。這時，丁公與上司不和而被免職，準備離開淮陽，寫信邀葉生一起走。葉生讓人轉告，自己的病很難一下子痊癒，請丁公先行一步。丁公不忍心，繼續慢慢等他。過了幾天，葉生竟然突然來了，於是就一起回到丁公的故鄉。丁公讓自己的兒子拜葉生為師。丁公子開始還不會寫文章，但經葉生一年教導，就能下筆成文了。葉生把自己考試所作八股文全部拿出來，教丁公子讀寫，後來丁公子考了個第二名。葉生自己沒考中卻教丁公的兒子考了第二名，丁公對此感歎不已，葉生也自歎命苦。再後來丁公子又考中了進士，到國子監任職，就邀請葉生一起赴任。過了一年，葉生竟然也考中了進士。這時正趕上丁公子去南河任典務一職，離淮陽不遠，公子覺得葉生該衣錦還鄉了。葉生回到家後，發現家裡一片蕭條，心裡非常悲傷，正在院子裡徘徊，他的妻子拿着簸具走了出來，一看見他，嚇得扔了簸具就跑。妻子離他遠遠地說：“你不是早已經死了嗎？你的靈柩之所以還停在家裡，是因為當時家裡窮，兒子年齡又小，現在兒子已長大，正準備安葬你入土呢，你千萬別作怪嚇唬我們！”葉生聽後，惘然若失，慢慢走進屋裡，看見棺材清清楚楚地擺在那裡，撲倒在地，飄然消逝。

評析

本篇完全像一首哀婉淒絕的抒情詩，評點家馮鎮巒分析云：“人讀相如傳，本司馬自作，腐遷取之，以入史記。余謂此篇即聊齋自作小傳，故言之痛心也。”可見作者對《史記》“孤憤”精神的繼承。此篇帶有作者極濃重的自我抒懷的色彩，“淮陽葉生者，失其名字。文章詞賦，冠絕當時，而所如不偶，困於名場。”這幾乎就是作者的自我描寫，還有，葉生“科試”中“領冠軍”而在科考中前進的步伐卻止於此了，而蒲松齡也是童子試中縣、府、道均考第一，但此後卻屢考不中。葉生落榜後“形銷骨立，癡若木偶”、“零涕不已”竟至於大病而死，確實是“言之痛心”，對此作者肯定是有着刻骨銘心的真切感受的。死後的葉生教朋友的孩子連連考中，朋友說：“君出餘緒，遂使孺子成名。然黃鍾長棄，奈何！”葉生說：“是殆有命。借福澤為文章吐氣，使天下人知半生淪落，非戰之罪也。”“時數限人，文章憎命”，此種經歷與感歎，幾近“舌耕五十年”的蒲松齡自己的如實寫照。後來，葉生“入北闈，竟領鄉薦”，這裡的一個“竟”字非常具有表現力，因為此時葉生還不知道自己已經死了，這個“竟”字要傳達的實際意思是：葉生生前要考中的願望“竟然”在死後實現了！從《聊齋》真幻二重世界來看，本篇出現了兩個世界：生前與死後。那麼，這兩個世界是什麼關係呢？篇末葉生“奮蹟雲霄”，丁公子讓他衣錦還鄉，這該是何等快意的幻想，但這一幻想卻隨着葉生“撲地而滅”而破滅了！幻想的成功根本無法讓作者麻木、沉醉其中，這顯露出了作者何等沉痛的精神幻滅感啊！正是這種精神幻滅感，賦予本篇及《聊齋》其他相關篇章以震撼人心、令人無法釋懷的悲劇力量。置於《聊齋》整體來看，這樣的作品又決不能僅僅當作單純的感懷之作來看，感懷之中同時也蘊涵着深沉的諷世的感性力度：造成這種悲劇其實哪裡是什麼“命”，而是封建社會的科舉制度！

從藝術表現上來說，理解本篇的關鍵詞是“忘死”，而本篇之妙在於能以“神”致“幻”。今人有云《聊齋》寫鬼寫狐高人一籌，那麼高在何處？馮鎮巒《讀聊齋雜說》有云：“昔人云：莫易於說鬼，莫難於說虎。鬼無倫次，虎有性情也……予謂不然。說鬼亦要有倫次，說鬼亦要得性情。”“喜其不甚露痕迹牽強之形”，畫學中更有畫鬼易、畫人難之說，這其實是從“形”說的，人有所本，做到“形似”需要一番功力，鬼無所據，怎麼畫都行，但從“神”來說，能得鬼之“性情”而傳鬼之“神”，也即能為鬼傳神寫照，其難度至少不亞於為人傳神寫照。篇中葉生鎩羽後嗒喪而歸，形銷骨立，癡若木偶，“無何，寢疾”，“而服藥百裹，殊罔所效”，“疾革難遽瘥，請先發”，可是“踰數日，門者忽通葉生至”，一個“忽”字加上前面的描寫實已足夠暗示葉生已死但卻不知死，但明倫評點道：“極幻異、極支離事，隨筆敘入，了無痕迹。”篇末：“歸見門戶蕭條，意甚悲惻。逡巡至庭中，妻攜簸具以出，見生，擲具駭走。生淒然曰：‘我今貴矣！三四年不覿，何遂頓不相識？’妻遙謂曰：‘君死已久，何復言貴？所以久淹君柩者，以家貧子幼耳。今阿大亦已成立，行將卜窀穸，勿作怪異嚇生人。’生聞之，憮然惆悵。逡巡入室，見靈柩儼然，撲地而滅。妻驚視之，衣冠履舄如蛻委焉。”這段文字情景交融，非常傳神地營造出了一種奇幻的境界氛圍，從表現方式上來說，這段文字不是以“形”造奇，而是以“神”致幻，在淒涼的氛圍中，那種通常難以用語言傳達的鬼魂幻滅的情形，被作者非常傳神而真切地表現出來了，真可謂深得鬼之性情與寫鬼之“倫次”，這也正是《聊齋》寫鬼高人一籌處，讀者也只有細細品味，才能真切感受其微妙難言的奇幻美。

青鳳

太原耿氏，故大家，第宅弘闊。後淩夷[1]，樓舍連亙，半曠廢之，因生怪異，堂門輒自開掩，家人恆中夜駭譁。耿患之，移居別墅，留老翁門[2]焉。由此荒落益甚，或聞笑語歌吹聲。耿有從子[3]去病，狂放不羈，囑翁有所聞見，奔告之。至夜，見樓上燈光明滅，走報生。生欲入覘其異。止之，不聽。門戶素所習識，竟撥蒿蓬，曲折而入。登樓，殊無少異。穿樓而過，聞人語切切。潛窺之，見巨燭雙燒，其明如晝。一叟儒冠南面坐，一媼相對，俱年四十餘。東向一少年，可[4]二十許。右一女郎，裁及笄耳[5]。酒胾[6]滿案，團坐笑語。生突入，笑呼曰："有不速之客一人來！"群驚奔匿。獨叟叱問："誰何入人閨闥？"生曰："此我家閨闥，君佔之。旨酒[7]自飲，不邀主人，毋乃太吝？"叟審睇之，曰："非主人也。"生曰："我狂生耿去病，主人之從子耳。"叟致敬曰："久仰山斗[8]！"乃揖生入，便呼家人易饌。生止之。叟乃酌客。生曰："吾輩通家[9]，座客無庸見避，還祈招飲。"叟呼："孝兒！"俄少年自外入。叟曰："此豚兒[10]也。"揖而坐，略審門閥。叟自言："義君姓胡。"生素豪，談論風生，孝兒亦倜儻，傾吐間，雅相愛悅。生二十一，長孝兒二歲，因弟之[11]。叟曰："聞君祖纂《塗山外傳》，知之乎？"答曰："知之。"叟曰："我塗山氏[12]之苗裔也。唐以後，譜系猶能憶之；五代而上無傳焉。幸公子一垂教也。"生略述塗山女佐禹之功，粉飾多詞，妙緒泉湧。叟大喜，謂子曰："今幸得聞所未聞。公子亦非他人，可請阿母及青鳳來共聽之，亦令知我祖德也。"孝兒入幃中。少時，媼偕女郎出。審顧之，弱態生嬌，秋波流慧，人間無其麗也。叟指婦云：“此為老荊[13]。”又指女郎：“此青鳳，鄙人之猶女[14]也。頗惠，所聞見，輒記不忘，故喚令聽之。”生談竟而飲，瞻顧女郎，停睇不轉[15]。女覺之，輒俯其首。生隱躡[16]蓮鉤，女急斂足，亦無慍怒。生神志飛揚，不能自主，拍案曰：“得婦如此，南面王不易也[17]！”媼見生漸醉，益狂，與女俱起，遽搴幃去。生失望，乃辭叟出。而心縈縈[18]，不能忘情於青鳳也。至夜，復往，則蘭麝猶芳，而凝待終宵，寂無聲欬。歸與妻謀，欲攜家而居之，冀得一遇。妻不從，生乃自往，讀於樓下。夜方憑几，一鬼披髮入，面黑如漆，張目視生。生笑，染指研墨自塗，灼灼然相與對視。鬼慚而去。次夜，更既深，滅燭欲寢，聞樓後發扃，闢之閛然[19]。急起窺覘，則扉半啟。俄聞履聲細碎，有燭光自房中出。視之，則青鳳也。驟見生，駭而卻退，遽闔雙扉。生長跽[20]而致詞曰：“小生不避險惡，實以卿故。幸無他人，得一握手為笑，死不憾耳。”女遙語曰：“惓惓[21]深情，妾豈不知？但叔閨訓[22]嚴，不敢奉命。”生固哀之云：“亦不敢望肌膚之親，但一見顏色足矣。”女似肯可，啟關[23]出，捉其臂而曳之。生狂喜，相將入樓下，擁而加諸膝。女曰：“幸有夙分[24]：過此一夕，即相思無用矣。”問：“何故？”曰：“阿叔畏君狂，故化厲鬼以相嚇，而君不動也。今已卜居[25]他所，一家皆移什物赴新居，而妾留守，明日即發。”言已，欲去，云：“恐叔歸。”生強止之，欲與為歡。方持論[26]間，叟掩入。女羞懼無以自容，俛首倚牀，拈帶不語。叟怒曰：“賤婢辱我門戶！不速去，鞭撻且[27]從其後！”女低頭急去，叟亦出。尾而聽之，呵詬[28]萬端，聞青鳳嚶嚶啜泣。生心意如割，大聲曰："罪在小生，與青鳳何與[29]！倘宥青鳳，刀鋸鈇鉞[30]，小生願身受之！"良久寂然，生乃歸寢。自此第內絕不復聲息矣。生叔聞而奇之，願售以居，不較直。生喜，攜家口而遷焉。居逾年，甚適，而未嘗須臾忘鳳也。會清明上墓歸，見小狐二，為犬逼逐。其一投荒竄去；一則皇急道上，望見生，依依哀啼，葛耳輯首[31]，似乞其援。生憐之，啟裳衿，提抱以歸。閉門，置牀上，則青鳳也。大喜，慰問。女曰："適與婢子戲，遘[32]此大厄。脫非郎君，必葬犬腹。望無以非類見憎。"生曰："日切懷思，繫於魂夢。見卿如獲異寶，何憎之云！"女曰："此天數也，不因顛覆，何得相從？然幸矣，婢子必以妾為已死，可與君堅[33]永約耳。"生喜，另舍舍之[34]。積二年餘，生方夜讀，孝兒忽入。生輟讀，訝詰所來。孝兒伏地，愴然曰："家君有橫難，非君莫拯。將自詣懇，恐不見納，故以某來。"問："何事？"曰："公子識莫三郎否？"曰："此吾年家子[35]也。"孝兒曰："明日將過，倘攜有獵

狐，望君留之也。”生曰：“樓下之羞，耿耿在念，他事不敢預聞。必欲僕效綿薄，非青鳳來不可！”孝兒零涕曰：“鳳妹已野死三年矣。”生拂衣曰：“既爾[36]，則恨滋深耳！”執卷高吟，殊不顧瞻。孝兒起，哭失聲，掩面而去。生如青鳳所，告以故。女失色曰：“果救之否？”曰：“救則救之。適不之諾[37]者，亦聊以報前橫耳。”女乃喜曰：“妾少孤，依叔成立[38]。昔雖獲罪，乃家範[39]應爾。”生曰：“誠然，但使人不能無介介[40]耳。卿果死，定不相援。”女笑曰：“忍哉！”次日，莫三郎果至，鏤膺虎韔[41]，僕從甚赫[42]。生門逆之。見獲禽甚多，中一黑狐，血殷毛革[43]。撫之，皮肉猶溫。便託[44]裘敝，乞得綴補。莫慨然解贈。生即付青鳳，乃與客飲。客既去，女抱狐於懷，三日而甦，展轉[45]復化為叟。舉目見鳳，疑非人間。女歷言其情。叟乃下拜，慚謝前愆，喜顧女曰：“我固謂汝不死，今果然矣。”女謂生曰：“君如念妾，還乞以樓宅相假，使妾得以申返哺之私。”生諾之。叟赧然謝別而去。入夜，果舉家來。由此如家人父子，無復猜忌矣。生齋居，孝兒時共談讌。生嫡出子[46]漸長，遂使傅[47]之，蓋循循善教，有師範焉。

注釋

1. 淩夷：同“陵夷”，陵指丘陵、土山，夷是平的意思，像丘陵一樣漸漸地越來越低，引申作衰微、沒落的意思，猶如說走下坡路。
2. 門：這裡作動詞，守門、看門的意思。
3. 從子：姪子。
4. 可：大約，差不多。

5. 裁：同“才”；笄：簪子，及笄，到了戴簪子的時候，表示已成年，一般指女子到了十五歲左右的年齡。

6. 胾：大塊肉。

7. 旨酒：美酒。

8. 久仰山斗：表示欽慕的客氣話，山指泰山，斗指北斗星，仰望人如仰望泰山、北斗星一樣高。

9. 通家：指彼此世代有極親密交情的人家。

10. 豚兒：對人稱自己兒子的謙詞。

11. 弟之：把他當作弟弟。

12. 塗山氏：神話傳說，大禹在塗山娶狐女為妻，叫做塗山氏。

13. 老荊：猶如說老妻。荊釵布裙是說女子衣着儉樸，後來成為貧寒的代詞，對人謙稱自己的妻子為荊妻，省稱“荊”。

14. 猶女：姪女。

15. 停睇不轉：目不轉睛地看着。

16. 躡：踏，踹。

17. 南面王不易也：意思是說用帝王的位置來換也不願意。

18. 心縈縈：形容牽掛、纏繞的樣子。

19. 闔然：形容開門、關門的聲音。

20. 長跽：長跪。

21. 惓惓：同“拳拳”，形容誠懇的樣子。

22. 閨訓：指家庭規範女子言行的道德標準。

23. 啟關：開門。

24. 夙分：舊緣，前緣。

25. 卜居：用占卦選擇定居之地。

26. 持論：爭執。

27. 且：將，即。

28. 呵詬：責罵。

29. 何與：何干，有什麼關係的意思。

30. 鈇鉞：古代的武器，鈇同“斧”，鉞指大斧。

31. 䔧耳輯首：垂耳縮頭，害怕的樣子。䔧似應作“闒”。

32. 遘：遭遇。

33. 堅：使之牢靠。

34. 另舍舍之：用另外的房屋讓她住下，第二個舍作動詞。

35. 年家子：科舉時代，在同一科考取進士、舉人，彼此稱為同年，對於彼此的後輩稱年家子。

36. 旣爾：旣然這樣。

37. 不之諾：不應允他。

38. 成立：長大成人。

39. 家範：家規。

40. 介介：不愉快地記在心裡。

41. 鏤膺：指繫在馬腹上的金質勒帶；虎韔：虎皮做的弓匣子。

42. 甚赫：很有聲勢、很威風的樣子。

43. 血殷：指血污變成了黑色；毛革：皮上的毛脫落。

44. 託：託詞，假說。

45. 展轉：也作“輾轉”，這裡形容屈伸轉動的樣子。

46. 嫡出子：正妻生的兒子。

47. 傅：這裡作動詞，做師傅的意思。

串講

這是一個關於狂生與狐女之間的情愛的故事。耿氏宅第非常大，後來家道衰落，一半的房子沒人住，便經常出現一些怪異現象，耿氏就搬走了，此處就更加荒涼。耿氏有個姪子叫耿去病，狂放不羈，想看看到底有什麼怪異之事，晚上登上樓發現屋內燈火通明，正擺着宴席，有一個老翁，一個老婦，一個少年，還有一個才成年的女子。耿生突然闖了進去，眾人嚇得跑着躲起來，惟獨老翁叱問耿生。老翁了解情況後，就招呼家人撤換酒席，耿生說：不必了，其他人也不必迴避，大家一起飲酒吧。老翁就招呼他的兒子孝兒進來，耿生很喜歡孝兒，就認他作弟弟。老翁介紹說，他們是塗山氏的後代，聽說耿生的祖上寫過《塗山外傳》，就想讓耿生介紹介紹。耿生就滔滔不絕地介紹起來，老翁就讓老妻與姪女青鳳也進來聽聽，以了解祖宗的功德。耿生發現青鳳非常美麗，眼睛不停地看着她，青鳳低下頭，他又踩她的腳，她並不生氣。耿生再也控制不住自己，拍桌子說："能得到這樣的女子，用帝王的位置來與我換我也不願意！"老婦見耿生越醉越狂，就領着青鳳退下了。耿生離開後念念不忘青鳳，到了晚上又過來，卻再也不見他們的蹤影，於是就一個人住了下來。晚上，來了個面黑如漆的鬼，瞪眼嚇他，他竟然用墨把自己的臉也塗黑，與鬼對視，鬼羞慚地離開了。第二天深夜，耿生聽見樓上有開門的聲音，一看，原來是青鳳。耿生要與青鳳在一起，青鳳說家規很嚴，不能從命。他就懇求哪怕握握手也行，乘機抱住了青鳳。青鳳告訴耿生，因為害怕他的輕狂，她叔叔裝鬼嚇他，但沒能奏效，他們只好準備搬家。耿生正要強行與青鳳親熱，她叔叔來了，大罵青鳳。他們搬走了，這處宅第從此就再也沒有什麼怪異之事發生了，耿生從他叔叔手中買下這處宅第，全家搬了進來。住了一年多，耿生片刻也不能忘懷於青鳳。清明這天，耿生掃墓回來，看見一隻狗追着兩個小狐狸，一隻跑了，另一隻似乎在向他求救，他就救下了這隻狐狸。回到家，他把狐狸放在牀上，誰知狐狸突然一變，原來竟然是青鳳，耿生非常高興，就用另外的房子把青鳳安頓下來。過了兩年多以後，孝兒忽然來了，告訴耿生，第二天莫三郎打獵後要經過這裡，獵物中有他父親，請耿生救他父親，耿生不答應，孝兒哭着離開了。青鳳知道後，問到底救不救她叔叔，耿生說佯裝不答應孝兒，只是為了報復一下她叔叔以前的蠻橫而已。第二天莫三郎果然經過這裡，他的獵獲物中也果然有一隻受傷的狐狸，耿生就藉故留了下來，狐狸甦醒後就又變成了老翁。於是，孝兒一家又搬了回來，從此兩家親如一家。

評析

《聊齋》描寫了很多人狐（鬼）戀的故事，在對這些戀愛題材的解讀上，今人往往過多地附會於所謂對封建婚姻家庭制度的批判，其實《聊齋》中大多數戀愛題材的篇章的主旨並不在此，而本篇的主旨確乎在此。本篇刻畫了三種人物性格：耿去病之"狂"，青鳳之"柔"，青鳳叔父胡叟之"嚴"，而這三種性格又都是圍繞一個核心展開的，即文中所謂的"閨訓"、"家範"，胡叟之"嚴"就嚴在此，青鳳因此而顯得柔弱，耿生之"狂"主要表現為不將此放在眼裡。首先看胡叟之"嚴"，第一次映入耿生眼簾的是胡家家宴："一叟儒冠南面坐，一媼相對"，"東向一少年"，"右一女郎"，座不亂序已可見其奉儒守禮的大家長派頭，請耿生講塗山氏的故事以誇耀"譜系"、"祖德"也是這類人的常見作派，有意思的是，他要讓女眷出來聽耿生宣講時，竟然反復解釋了兩次，第一次："公子亦非他人，可請阿母及青鳳來共聽之，亦令知我祖德也"，第二次："此青鳳，鄙人之猶女也。頗惠，所聞見，輒記不忘，故喚令聽之。"按"禮"，女眷尤其閨中女眷是不應面見男客的，反復解釋兩次至少可以說明兩點：一表明胡叟在強調自己知"禮"，二可以如此通融其實在暗示胡家雖貴為世家也已沒落了，細微處亦可見作者匠心。當然，其"嚴"最突出的表現是發現青鳳與耿生單獨在一起，怒罵青鳳："賤婢辱我門戶！不速去，鞭撻且從其後！"呵詬萬端。耿生之"狂"主要通過兩個細節表現出來，一是喝醉後當着胡家一家人拍案說："得婦如此，南面王不易也！”不僅目中無“禮”，而且簡直也是目中無人；二是“一鬼披髮入，面黑如漆，張目視生。生笑，染指研墨自塗，灼灼然相與對視。鬼慚而去”，鬼欲嚇走他，他卻把鬼羞走了，真可謂狂態可掬。後來，孝兒求救，他卻佯裝拒絕“以報前橫”，亦可見其狂，但非無情之性格。青鳳之“柔”，首先從外表就可以看出，所謂“弱態生嬌”，耿生“停睇不轉”地盯着她，她只“俯其首”，暗暗挑逗她，她“亦無慍怒”，再次“驟見生，駭而卻退，遽闔雙扉”，被叔父發現與耿生在一起，她“羞懼無以自容，俛首倚牀，拈帶不語”，被叔父呵詬萬端，她只“嚶嚶啜泣”。這些描寫勾畫出了一個栩栩如生的閨中柔弱少女的形象。耿生要與她親近，她說：“惓惓深情，妾豈不知？但叔閨訓嚴，不敢奉命”，後來又強調：“昔雖獲罪，乃家範應爾。”可見她早已傾心耿生，只是嚴格的閨訓、家範使她不敢也不願輕易表露自己的感情。通過對三種人物性格的形象刻畫，作者對所謂閨訓、家範確有否定之處，但也確非激烈的批判。

畫皮

太原王生，早行，遇一女郎，抱襆[1]獨奔，甚艱於步，急走趁[2]之，乃二八姝麗。心相愛樂，問：“何夙夜踽踽獨行？”女曰：“行道之人，不能解愁憂，何勞相問。”生曰：“卿何愁憂？或可效力，不辭也。”女黯然曰：“父母貪賂，鬻妾朱門。嫡妒甚，朝詈而夕楚辱之[3]，所弗堪也，將遠遁耳。”問：“何之？”曰：“在亡之人，烏有定所。”生言：“敝廬不遠，即煩枉顧。”女喜，從之。生代攜襆物，導與同歸。女顧室無人，問：“君何無家口？”答云：“齋耳。”女曰：“此所良佳。如憐妾而活之，須祕密，勿洩。”生諾之。乃與寢合。使匿密室，過數日而人不知也。生微[4]告妻。妻陳，疑為大家媵妾[5]，勸遣之。生不聽。偶適市，遇一道士，顧生而愕。問：“何所遇？”答言：“無之。”道士曰：“君身邪氣縈繞，何言無？”生又力白。道士乃去，曰：“惑哉！世固有死將臨而不悟者。”生以其言異，頗疑女。轉思明

明麗人，何至為妖，意道士借魘禳以獵食[6]者。無何，至齋門，門內杜，不得入，心疑所作，乃踰垝垣[7]，則室門亦閉。躡迹而窗窺之，見一獰鬼，面翠色，齒巉巉如鋸。鋪人皮於榻上，執采筆而繪之。已而擲筆，舉皮，如振衣狀，披於身，遂化為女子。睹此狀，大懼，獸伏[8]而出。急追道士，不知所往。徧迹[9]之，遇於野，長跪乞救。道士曰："請遣除之。此物亦良苦，甫能覓代者，予亦不忍傷其生。"乃以蠅拂[10]授生，令掛寢門。臨別，約會於青帝廟。生歸，不敢入齋，乃寢內室，懸拂焉。一更許，聞門外戢戢有聲，自不敢窺，使妻窺之。但見女子來，望拂子不敢進，立而切齒，良久乃去。少時，復來，罵曰："道士嚇我，終不然，寧入口而吐之耶！"取拂碎之，壞寢門而入。徑登生牀，裂生腹，掬生心而去。妻號。婢入燭之，生已死，腔血狼藉。陳駭涕不敢聲。明日，使弟二郎奔告道士。道士怒曰："我固憐之，鬼子乃敢爾！"卽從生弟來。女子已失所在。旣而仰首四望，曰："幸遁未遠。"問："南院誰家？"二郎曰："小生所舍也。"道士曰："現在君所。"二郎愕然，以為未有。道士問曰："曾否有不識者一人來？"答曰："僕早赴青帝廟，良不知。當歸問之。"去，少頃而返，曰："果有之，晨間一嫗來，欲傭為僕家操作，室人[11]止之，尚在也。"道士曰："卽是物矣。"遂與俱往。仗木劍，立庭心，呼曰："孽魅！償我拂子來！"嫗在室，惶遽無色[12]，出門欲遁。道士逐擊之。嫗仆，人皮劃然而脫，化為厲鬼，臥嗥如豬。道士以木劍梟其首。身變作濃煙，匝地作堆[13]。道士出一葫蘆，拔其塞，置煙中，飀飀然如口吸氣，瞬息煙盡。道士塞口入囊。共視人皮，眉目手足，無不備具。道士捲之，如捲畫軸聲，亦囊之，乃別欲去。陳氏拜迎於門，哭求回生之法。道士謝不能。陳益悲，伏地不起。道士沉思曰："我術淺，誠不能起死。我指一人，或能之，往求必合有效。"問："何人？"曰："市上有瘋者，時臥糞土中。試叩而哀之。倘狂辱夫人，夫人勿怒也。"二郎亦習知之。乃別道士，與嫂俱往。見乞人顛歌道上，鼻涕三尺，穢不可近。陳膝行而前。乞人笑曰："佳人愛我乎？"陳告以故。又大笑曰："人盡夫也，活之何為！"陳固哀之。乃曰："異哉！人死而乞活於我，我閻摩[14]耶？"怒以杖擊陳，陳忍痛受之。市人漸集如堵。乞人咯痰唾盈把，舉向陳吻曰："食之！"陳紅漲於面，有難色；既思道士之囑，遂強啖焉。覺入喉中，硬如團絮，格格而下，停結胸間。乞人大笑曰："佳人愛我哉！"遂起行，已，不顧。尾之，入於廟中。迫而求之，不知所在；前後冥搜[15]，殊無端兆，慚恨而歸。既悼夫亡之慘，又悔食唾之羞，俯仰哀啼，但願即死。方欲展血[16]斂屍，家人佇望，無敢近者。陳抱屍收腸，且理且哭。哭極聲嘶，頓欲嘔，覺鬲[17]中結物，突奔而出，不及回首，已落腔中。驚而視之，乃人心也。在腔中突突猶躍，熱氣騰蒸如煙然。大異之。急以兩手合腔，極力抱擠。少懈[18]，則氣氤氳[19]自縫中出，乃裂繒帛急束之。以手撫屍，漸溫。覆以衾裯[20]。中夜[21]啟視，有鼻息矣。天明，竟活。為言："恍惚若夢，但覺腹隱痛耳。"視破處，痂結如錢，尋愈。

異史氏曰："愚哉世人！明明妖也，而以為美。迷哉愚人！明明忠也，而以為妄。然愛人之色而漁之，妻亦將食人之唾而甘之矣。天道好還[22].，但愚而迷者不悟耳。可哀也夫！"

注釋

1. 襆：行李、包裹、衣被之類。
2. 趁：趕上前去，湊上去。
3. 詈：罵；楚辱：用棍子抽打侮辱。
4. 微：略略，稍微。
5. 媵妾：婢妾。
6. 獵食：謀生。
7. 垝垣：毀壞的牆，往往指圍牆的缺口。
8. 獸伏：像走獸一樣趴在地上。
9. 徧迹：到處尋找。
10. 蠅拂：用馬尾等做的驅趕蚊蠅的撣子，又稱拂塵、拂子等，從前道士經常拿在手中。
11. 室人：指妻子。
12. 惶遽無色：驚慌害怕而面無人色。
13. 匝地作堆：在地上圍成一個小堆。
14. 閻摩：即閻羅王。
15. 冥搜：到處搜索。
16. 展血：這裡指清除血迹。
17. 鬲：即"膈"，胸腔和腹腔之間的肉膜。
18. 少懈：稍微鬆懈了一下。
19. 氤氳：冒熱氣，氣盛的樣子。
20. 衾裯：蓋被。
21. 中夜：半夜。
22. 天道好還：指天道總是因果循環報應的。

串講

這是一個流傳很廣的關於惡鬼迷惑人的故事。王生在路上遇到一個獨行的女郎，就把她帶回家同居，並把她藏在密室裡。王生妻子陳氏知道後勸他送走她，王生不聽。一天，王生在集市上偶然遇到一個道士，道士驚愕地問他："你邪氣纏身，遇到了什麼怪異之事了吧？"他堅決辯白說沒有，道士一邊走來一邊說："糊塗呵！這世上竟有死到臨頭還不醒悟的人！"王生覺得道士的話怪怪的，開始懷疑起女郎，轉念一想，明明是個漂亮的美人，怎麼能是妖怪？王生來到書齋時，發現門裡面閂上了，心裡開始懷疑起來，就從斷牆進了院子，發現書房門也緊關着。他躡手躡腳從窗戶往裡偷看，就看見一個面目猙獰的鬼，在牀上鋪着一張人皮，它正手拿着彩筆在人皮上描畫着呢！過了一會兒，人皮描畫好了，那鬼把筆一扔，拿起人皮，就像穿衣服一樣把人皮披戴上身，於是又變化成美女。王生看到這裡，非常害怕，偷偷溜走，急忙去追那道士，道士就把手中的拂塵給他，讓他掛在寢室門上。王生回到家，不敢再去書齋，就住在內室，把拂塵掛了起來。大概一更天的時候，那鬼來了，看到拂塵不敢進，站了好長時間後離開了。又過了一會兒，鬼又回來了，毀掉拂塵，破門而入，直奔王生的牀，破開他的肚子，掏出他的心就走了。第二天，王生的弟弟急忙去把道士請來，道士詢問後，知道鬼已變化成老婦，躲在王生弟弟家了。道士用木劍擊中那老婦，那老婦仆倒在地，披在身上的人皮一下子脫落在地，頓時變成了鬼。道士又用木劍砍掉它的頭，那鬼化作一股濃煙，被道士收進了葫蘆裡。王生的妻子陳氏苦求道士救救王生，道士就讓她去集市上找一個瘋子，並囑咐，無論那瘋子怎麼侮辱她，她都要忍受。陳氏來到集市，看見那瘋子乞丐在路上瘋瘋顛顛地唱着歌，渾身髒得讓人無法接近。陳氏跪着爬向他，那瘋子百般調笑、戲弄，並用手杖打她，她只能忍痛承受着。那瘋子吐出一口痰，讓陳氏吃下去，她只好吞下去，覺得痰停在了胸口。然後瘋子大笑而去。陳氏又羞又悔，回到家收拾王生的屍體，哭得聲嘶力竭，頓時想吐，覺得停在胸口的那口痰衝撞而出，還沒來得及回頭，痰就落進了王生胸腔裡，仔細一看，原來竟然是人心，還在突突跳着呢。陳氏急忙用雙手合上王生裂開的胸腔，最後，王生又活了過來。

評析

本篇與《勞山道士》一樣，寓言色彩極強，但其精彩之處卻還在內在結構的精妙，今人多注意其寓意之深，似尚未發現其內在結構精妙之美。首先從"異史氏曰"來看："愚哉世人！明明妖也，而以為美。迷哉愚人！明明忠也，而以為妄。然愛人之色而漁之，妻亦將食人之唾而甘之矣。天道好還，但愚而迷者不悟耳。可哀也夫！"可以說其寓意可以從三層來理解：一層涉及"妖（醜惡）"與"美（人）"之對，二層涉及"別人之妻"與"自己之妻"之對，而把這兩層連接在一起的第三層涉及"忠"與"妄"之對。小說內容分兩部分，第一部分講的是"除鬼"，第二部分講的是"救生"。"除鬼"部分首先涉及的是"妖（醜惡）"與"美（人）"之對，其中的寓意就是今人所謂的"現象"與"本質"之對，王生因為色慾而被"美（人）"的外表現象所"迷"，而不知美人的內在本質乃是醜陋的惡鬼，道士除鬼，畫皮後的內在本質顯露無遺矣，"妖（醜惡）"與"美（人）"不分而形成的這個"外"不符"內"之"結"已經完全解開了，因此"除鬼"部分完全可以獨立成篇，而且從寓言的勸戒性來說，讓王生就此死了，無疑對讀者的警醒作用更大。但是作者卻又添加了"救生"部分。"救生"部分涉及的是"別人之妻"與"自己之妻"之對，其中的寓意就是許多世情小說比如《肉蒲團》之類所揭示的“淫人妻女者，其妻女亦被人淫”，這可以說是“因”與“果”之“結”，王妻陳氏受侮辱後，這一“結”也就被解開了。關鍵在於以上講到的這兩個“結”又是緊密聯繫在一起的，可以說是同一根繩子上的兩個“結”，而把這兩個“結”連在一起的繩子就是披着畫皮的鬼，它的雙重形象恰如一根繩子的兩端：它是披着畫皮、以美麗外表迷惑人的鬼，繩子的這一端就結成了“外”不符“內”之結；同時它作為美女，相對於王生的妻子來說又是“別人的妻子”，同一根繩子的這一端又結成了“因”與“果”之結。從“忠”與“妄”之對來看，“除鬼”與“救生”兩部分又存在反向對稱之結構美：“除鬼”部分中披着畫皮的鬼似“忠”實“妄”，“救生”部分中乞人似“妄”實“忠”，乞人百般侮弄陳氏，其實卻通過狂妄、荒誕的方式救了王生的命（當然除鬼的道士對於王生來說也是“忠”言逆耳）。“除鬼”中的道士與“救生”中的乞人，都是法力高強的高人，之所以要分作兩人，從結構功能上來說，是為了讓他們解開不同的結：道士解開的是“外”不符“內”之結，乞人解開的是因果報應之結。總之，“畫皮”、“天道好還”這兩種寓意其實並不見得多麼高明，在民間傳說、其他世情小說中也可常見這種寓意，可見其思想也不見得有多少新意，本篇妙就妙在其深層的環環相扣的套接式結構，由此可見作者之別出心裁，其重要藝術價值也正在於此。被鬼掏走、由世外高人的嘴中吐到他妻子的嘴中、再由他妻子嘴中吐回他胸中——不知王生的那顆心經歷這一過程後，能否醒悟“畫皮”與“天道好還”的道理？

嬰寧

王子服，莒之羅店人。早孤。絕惠，十四入泮。母最愛之，尋常不令遊郊野。聘蕭氏，未嫁而夭，故求凰[1]未就也。會上元，有舅氏子吳生，邀同眺矚，方至村外，舅家僕來，招吳去。生見遊女如雲，乘興獨遨。有女郎攜婢，撚梅花一枝，容華絕代，笑容可掬。生注目不移，竟忘顧忌。女過去數武[2]，顧婢曰："個兒郎目灼灼似賊！"遺花地上，笑語自去。生拾花悵然，神魂喪失，怏怏遂返。至家，藏花枕底，垂頭而睡，不語亦不食。母憂之。醮[3]禳，益劇，肌革銳減[4]。醫師診視，投劑發表[5]，忽忽若迷。母撫問所由，默然不答。適吳生來，囑密詰之。吳至榻前，生見之淚下，吳就榻慰解，漸致研詰，生具吐其實，且求謀畫。吳笑曰："君意亦復癡！此願有何難遂？當代訪之。徒步於野，必非世家。如其未字[6]，事固諧矣，不然，拚[7]以重賂，計必允遂。但得痊瘳[8]，成事在我。"生聞之，不覺解頤。吳出告母，物色女子居里，而探訪既窮，並無蹤緒。母大憂，無所為計。然自吳去後，顏頓開，食亦略進。數日，吳復來。生問所謀。吳紿[9]之曰："已得之矣。我以為誰何人，乃我姑氏女，即君姨妹行，今尚待聘。雖內戚[10]有婚姻之嫌，實告之，無不諧者。"生喜溢眉宇，問："居何里？"吳詭曰："西南山中，去此可三十餘里。"生又付囑再四，吳銳身自任而去。生由此飲食漸加，日就平復。探視枕底，花雖枯，未便彫落。凝思把玩，如見其人。怪吳不至，折柬[11]招之，吳支託不肯赴召。生恚怒，悒悒不歡。母慮其復病，急為議姻，略與商搉，輒搖首不願，惟日盼吳。

吳迄無耗，益怨恨之。轉思三十里非遙，何必仰息他人[12]？懷梅袖中，負氣自往，而家人不知也。伶仃獨步，無可問程[13]，但望南山行去。約三十餘里，亂山合沓，空翠爽肌，寂無人行，止有鳥道。遙望谷底，叢花亂樹中，隱隱有小里落。下山入村，見舍宇無多，皆茅屋，而意甚修雅。北向一家，門前皆絲柳，牆內桃杏尤繁，間以修竹，野鳥格磔[14]其中。意其園亭，不敢遽入。回顧對戶，有巨石滑潔，因據坐少憩。俄聞牆內有女子，長呼"小榮"，其聲嬌細。方佇聽間，一女郎由東而西，執杏花一朵，俛首自簪；舉頭見生，遂不復簪，含笑撚花而入。審視之，卽上元途中所遇也。心驟喜。但念無以階進[15]。欲呼姨氏，顧從無還往，懼有訛悞。門內無人可問，坐臥徘徊，自朝至於日昃[16]，盈盈[17]望斷，並忘飢渴。時見女子露半面來窺，似訝其不去者。忽一老媼扶杖出，顧生曰："何處郎君，聞自辰刻便來，以至於今。意將何為？得勿[18]飢耶？"生急起揖之，答云："將以盼親。"媼聾聵不聞。又大言之。乃問："貴戚何姓？"生不能答。媼笑曰："奇哉！姓名尚自不知，何親可探？我視郎君，亦書癡耳。不如從我來，啖以粗糲，家有短榻可臥。待明朝歸，詢知姓氏，再來探訪不晚也。"生方腹餒思啗，又從此漸近麗人，大喜。從媼入，見門內白石砌路，夾道紅花，片片墮階上，曲折而西，又啟一關，豆棚花架滿庭中。肅客入舍，粉壁光明如鏡，窗外海棠枝朵，探入室中，裀籍[19]几榻，罔不潔澤。甫[20]坐，卽有人自窗外隱約相窺。媼喚："小榮！可速作黍[21]。"外有婢子噭聲而應。坐次[22]，具展[23]宗閥。媼曰："郎君外祖，莫姓吳否？"曰："然。"媼驚曰："是吾甥也！尊堂，我妹子。年來以家窶貧，又無三尺男，遂至音問梗塞。甥長成如許，尚不相識。”生曰：“此來卽為姨也，匆遽遂忘姓氏。”媪曰：“老身秦姓，並無誕育，弱息[24]僅存，亦為庶產[25]。渠母改醮[26]，遺我鞠養[27]。頗亦不鈍，但少教訓，嬉不知愁。少頃，使來拜識。”未幾，婢子具飯，雛尾盈握[28]。媪勸餐已，婢來斂具[29]。媪曰：“喚寧姑來。”婢應去。良久，聞戶外隱有笑聲。媪又喚曰：“嬰寧，汝姨兄在此。”戶外嗤嗤笑不已。婢推之以入，猶掩其口，笑不可遏。媪瞋目[30]曰：“有客在，咤咤叱叱，是何景象？”女忍笑而立，生揖之。媪曰：“此王郎，汝姨子。一家尚不相識，可笑人也。”生問：“妹子年幾何矣？”媪未能解。生又言之。女復笑不可仰視。媪謂生曰：“我言少教誨，此可見矣。年已十六，獃癡裁如嬰兒。”生曰：“小於甥一歲。”曰：“阿甥已十七矣，得非庚午屬馬者耶？”生首應之。又問：“甥婦阿誰？”答云：“無之。”曰：“如甥才貌，何十七歲猶未聘？嬰寧亦無姑家，極相匹敵。惜有內親之嫌。”生無語，目注嬰

寧，不遑他瞬。婢向女小語云：“目灼灼賊腔未改！”女又大笑，顧婢曰：“視碧桃開未？”遽起，以袖掩口，細碎連步而出。至門外，笑聲始縱。媼亦起，喚婢襆被，為生安置。曰：“阿甥來不易，宜留三五日，遲遲送汝歸。如嫌幽悶，舍後有小園，可供消遣；有書可讀。”次日，至舍後，果有園半畝，細草鋪氈，楊花糝[31]逕。有草舍三楹，花木四合其所。穿花小步，聞樹頭蘇蘇有聲，仰視，則嬰寧在上。見生來，狂笑欲墮。生曰：“勿爾，墮矣！”女且下且笑，不能自止。方將及地，失手而墮，笑乃止。生扶之，陰挼[32]其腕。女笑又作，倚樹不能行，良久乃罷。生俟其笑歇，乃出袖中花示之。女接之，曰：“枯矣。何留之？”曰：“此上元妹子所遺，故存之。”問：“存之何意？”曰：“以示相愛不忘也。自上元相遇，凝思成疾，自分化為異物[33]；不圖得見顏色，幸垂憐憫。”女曰：“此大細事。至戚何所靳惜？待郎行時，園中花，當喚老奴來，折一巨綑負送之。”生曰：“妹子癡耶？”“何便是癡？”生曰：“我非愛花，愛撚花之人耳。”女曰：“葭莩[34]之情，愛何待言。”生曰：“我所謂愛，非瓜葛之愛，乃夫妻之愛。”女曰：“有以異乎？”曰：“夜共枕席耳。”女俛思良久，曰：“我不慣與生人睡。”語未已，婢潛至，生惶恐遁去。少時，會母所。母問：“何往？”女答以“園中共話”。媼曰：“飯熟已久，有何長言，周遮[35]乃爾？”女曰：“大哥欲我共寢。”言未已，生大窘，急目瞪之。女微笑而止。幸媼不聞，猶絮絮究詰。生急以他詞掩之，因小語責女。女曰：“適此語不應說耶？”生曰：“此背人語。”女曰：“背他人，豈得背老母？且寢處亦常事，何諱之？”生恨其癡，無術可以悟之。食方竟，家人捉雙衛來尋生[36]。先是，母待生久不歸，始疑。村中搜覓幾徧，竟無蹤兆，因往尋吳。吳憶曩言，因教於西南山村行覓。凡歷數村，始至於此。生出門，適相值，便入告媪，且請偕女同歸。媪喜曰："我有志，匪伊朝夕。但殘軀不能遠涉，得甥攜妹子去，識認阿姨，大好！"呼："嬰寧！"寧笑至。媪曰："有何喜，笑輒不輟？若不笑，當為全人。"因怒之以目。乃曰："大哥欲同汝去，可便裝束。"又餉家人酒食，始送之出曰："姨家田產豐裕，能養冗人。到彼且勿歸，小學詩禮，亦好事翁姑。即煩阿姨，為汝擇一良匹。"二人遂發。至山坳，回顧，猶依稀見媪倚門北望也。

抵家，母睹姝麗，驚問為誰。生以姨妹對。母曰："前吳郎與兒言者，詐也。我未有姊，何以得甥？"問女，女曰："我非母出。父為秦氏，沒時，兒在褓中，不能記憶。"母曰："我一姊適秦氏，良確。然殂謝已久，那得復存？"因審詰面龐、誌贅[37]，一一符合。又疑曰："是矣。然亡已多年，何得復存？"疑慮間，吳生至，女避入室。吳詢得故，惘然久之。忽曰："此女名嬰寧耶？"生然之。吳亟稱怪事。問所自知，吳曰："秦家姑去世後，姑丈鰥居，祟於狐，病瘠死。狐生女名嬰寧，綳臥床上，家人皆見之。姑丈歿，狐猶時來；後求天師[38]符黏壁上，狐遂攜女去。將勿此耶？"彼此疑參[39]。但聞室中吃吃皆嬰寧笑聲。母曰："此女亦太憨生[40]。"吳生請面之。母入室，女猶濃笑不顧。母促令出，始極力忍笑，又面壁移時，方出。才一展拜，翻然遽入，放聲大笑。滿室婦女，為之粲然[41]。吳請往覘其異，就便執柯。尋至村所，廬舍全無，山花零落而已。吳憶姑葬處，彷彿不遠，然墳壟湮沒，莫可辨識，詫歎而返。母疑其為鬼，入告吳言，女略無駭意。又弔其無家，亦殊無悲意，孜孜[42]憨笑而已。眾莫之測，母令與少女同寢止，昧爽卽來省問，操女紅[43]，精巧絕倫。但善笑，禁之亦不可止。然笑處嫣然，狂而不損其媚，人皆樂之。鄰女少婦，爭承迎之。母擇吉將為合巹，而終恐為鬼物，竊於日中窺之，形影殊無少異。至日，使華裝行新婦禮，女笑極不能俯仰，遂罷。生以憨癡，恐漏洩房中隱事，而女殊密祕，不肯道一語。每值母憂怒，女至，一笑卽解。奴婢小過，恐遭鞭楚，輒求詣母共話，罪婢投見，恆得免。而愛花成癖，物色徧戚黨[44]；竊典金釵，購佳種，數月，階砌藩溷，無非花者。庭後有木香一架，故鄰西家。女每攀登其上，摘供簪玩。母時遇見，輒訶之，女卒[45]不改。一日，西人子見之，凝注傾倒。女不避而笑。西人子謂女意屬己，心益蕩。女指牆底笑而下，西人子謂示約處，大悅。及昏而往，女果在焉。就而淫之，則陰如錐刺，痛徹於心，大號而踣。細視，非女，則一枯木臥牆邊，所接乃水淋竅也。鄰父聞聲，急奔研問，呻而不言。妻來，始以實告。爇火燭竅，見中有巨蠍，如小蟹然，翁碎木捉殺之。負子至家，半夜尋卒。鄰人訟生，訐[46]發嬰寧妖異。邑宰素仰生才，稔[47]知其篤行士，謂鄰翁訟誣，將杖責之，生為乞免，遂釋而出。母謂女曰：“憨狂爾爾，早知過喜而伏憂也。邑令神明，幸不牽累。設鶻突官宰，必逮婦女質公堂，我兒何顏見戚里？”女正色，矢不復笑。母曰：“人罔不笑，但須有時。”而女由是竟不復笑，雖故逗，亦終不笑，然竟日未嘗有戚容。一夕，對生零涕。異之。女哽咽曰：“曩以相從日淺，言之恐致駭怪。今日察姑及郎，皆過愛無有異心，直告或無妨乎？妾本狐產。母臨去，以妾託鬼母，相依十餘年，始有今日。妾又無兄弟，所恃者惟君。老母岑寂山阿，無人憐而合厝[48]之，九泉輒為悼恨。君倘不惜煩費，使地下人消此怨恫[49]，庶養女者不忍溺棄。”生諾之，然慮墳塚迷於荒草。女但言無慮。刻日，夫妻輿櫬[50]而往。女於荒煙錯楚[51]中，指示墓處，果得媼屍，膚革猶存。女撫哭哀痛。舁歸，尋秦氏墓合葬焉。是夜，生夢媼來稱謝，寤而述之。女曰：“妾夜見之，囑勿驚郎君耳。”生恨不邀留。女曰：“彼鬼也。生人多，陽氣勝，何能久居？”生問小榮，曰：“是亦狐，最黠。狐母留以視[52]妾，每攝[53]餌相哺，故德之常不去心。昨問母，云已嫁之。”由是歲值寒食，夫妻登秦墓，拜掃無缺。女逾年，生一子。在懷抱中，不畏生人，見人輒笑，亦大有母風云。

異史氏曰：“觀其孜孜憨笑，似全無心肝者；而牆下惡作劇，其黠孰甚焉。至悽戀鬼母，反笑為哭，我嬰寧殆隱於笑者矣。竊聞山中有草，名‘笑矣乎’，嗅之，則笑不可止。房中植此一種，則合歡、忘憂[54]，並無顏色矣。若解語花[55]，正嫌其作態[56]耳。”

注釋

1. 求凰：求妻。

2. 數武：半步為武，幾步的意思。

3. 醮：祈禱，祭神。

4. 肌革銳減：指身體大大地消瘦。

5. 發表：中醫用藥使潛伏在人體裡的疾病發散出來。

6. 字：女子許嫁。

7. 拚：豁出去。

8. 痊瘳：病癒。

9. 紿：哄騙。

10. 內戚：母親的親戚。

11. 折柬：裁紙寫信。

12. 仰息他人：仰仗別人。

13. 程：路程。

14. 格磔：形容鳥鳴的聲音。

15. 階進：這裡指通過一層一層關係、一個一個理由而進去的意思。

16. 日昃：太陽過午的時候。

17. 盈盈：這裡形容盼望的眼神。

18. 得勿：是不是。

19. 裀籍：墊褥，坐席。

20. 甫：剛剛。

21. 作黍：做飯。

22. 坐次：坐下來的時候。

23. 展：這裡是展開談話的意思。

24. 弱息：女兒。

25. 庶產：妾生養的。

26. 改醮：改嫁。

27. 鞠養：撫養。

28. 雛尾盈握：肥大的雞鴨。

29. 斂具：收拾食具。

30. 瞋目：瞪眼。

31. 糝：（花）和在泥土裡。

32. 捘：按，捏。

33. 自分：自己料想；異物：指死亡的人。

34. 葭莩：比喻疏遠的親戚。

35. 周遮：形容話多的樣子。

36. 捉：這裡作牽、騎的意思；衛：驢的別名。

37. 誌贅：這裡指人身上的特徵。

38. 天師：指能捉鬼拿妖的張道陵。

39. 疑參：研討可疑之處。

40. 生：語助詞，無義。

41. 粲然：形容笑的樣子。

42. 孜孜：形容不歇的樣子。

43. 女紅：紡織、刺繡之類。

44. 戚黨：親戚。

45. 卒：終於，到底。

46. 訐：用言辭攻擊別人。

47. 稔：素來，平常。

48. 厝：埋葬。

49. 恫：悲痛。

50. 輿櫬：用車子裝着棺木。

51. 錯楚：叢雜的樹木。

52. 視：這裡作看待、照顧講。

53. 攝：代理、代辦的意思。

54. 合歡、忘憂：兩種花草名。

55. 解語花：唐玄宗稱楊貴妃為解語花，後泛指聰敏的美人。

56. 作態：裝模作樣。

串講

這是描寫一個整天笑容可掬的可愛狐女的故事。書生王子服上元郊遊時，遇到一個風華絕代的女子，拈着一枝梅花一直笑着。王生癡癡地望着她，女子把花扔在地上，笑着走了。王生拾起花，回到家後把花藏在枕頭底下，整天神情恍惚，不說話也不吃飯。母親非常擔憂，可是求神求醫都看不好他的病。王生舅舅的兒子吳生來探望，王生把實情告訴他，並請他想辦法幫忙，吳生一口答應下來。他四處探訪，卻並沒有打聽到王生所說的女子。幾天後，吳生又來探望，哄騙王生說，那女子原來是王生的姨妹，住在西南山中，至今未嫁。王生囑託吳生抓緊去求婚。吳生離開後，王生身體慢慢開始恢復，可是等了很長時間，還是沒有吳生的消息，王生就決定自己親自去西南山探訪。他把那枝梅花放在袖中，也不告訴家人，就獨自去了。他在南山山谷中找到一個小村子，當他坐在一個園子的牆外休息時，聽到牆內有女子說話的聲音，發現一個女子正往頭上插着一朵杏花，抬頭看見他，就停了下來，撚花而笑。仔細一看，正是上元郊遊遇到的那個女子。王生非常高興，可是一時又不知以什麼理由去拜訪她家，從早上一直徘徊到中午。後來，一個老婦出來把他領進門。坐下來詳談後，發現老婦竟然真的就是王生的姨母。老婦介紹說她自己沒有生育，有一個小妾生的女兒，並讓婢女把女兒嬰寧喊來認識姨兄。等了好長時間，就聽見門外有隱隱約約的笑聲。進門以後，嬰寧還是不停地笑。老婦讓王生留住三五天。第二天，王生來到屋後花園，看見嬰寧騎在樹上，一見他來，就大笑起來，一邊笑一邊從樹上下來。王生把袖中的花拿出來給她看，表達對她的愛慕之情，但她對男女之間的情愛似乎渾然不知，怎麼解釋好像也不懂，鬧出許多笑話。王家派人來找王生，王生請求帶嬰寧一起回家，老婦答應了。到家以後，王生的母親非常詫異，原來，她確實有個姐姐，可是早已經去世了。吳生來了，才知道一些情況：嬰寧可能是王生的姨父與一個狐狸所生。吳生請求去南山探看個究竟，順便給王生訂婚，可是到了那裡，卻發現根本沒有什麼村落房舍。嬰寧雖然身份可疑，但再也無家可歸了，只好留下。王生的母親知道嬰寧並非鬼物後，就讓她與王生成了親。嬰寧愛花成癖，到處都種上了花，還愛爬到樹上摘花插在頭上玩。鄰居家的兒子看見她爬在樹上，心有所動，嬰寧就設計讓他自己害死了自己。鄰居就到官府告王生，說嬰寧是妖怪，幸虧負責的官員了解王生，才沒有被牽連、糾纏到訴訟中去。王生的母親斥責了嬰寧，嬰寧發誓再也不笑了，從此，別人再怎麼逗她，她也不笑了，但整天臉上也並無不快之色。一天晚上，嬰寧對着王生哭了起來，原原本本地告訴王生，自己本是狐狸所生，卻是鬼母把她撫養成人的，請王生將鬼母與秦氏合葬。王生答應下來，合葬後還每年去祭拜。後來，嬰寧生了個兒子，也是見人就笑。

評析

理解本篇的關鍵在於把握女主人公嬰寧之"癡"是真還是假，而把握其真假的關節點在於作者所謂的"隱於笑"。嬰寧乃是《聊齋》塑造的最為成功的藝術形象之一，作為情與智高度統一的女性形象，置於世界文學寶庫中當亦決不減色。但明倫認為："此篇以笑字立胎，而以花為眼，處處寫笑，即處處以花映帶之"，似取"人面桃花相映紅"、"桃花依舊笑春風"詩意，即此，這一美麗、鮮活而富於詩意的形象就會給人留下不可磨滅的印象了。此篇讀罷一遍，給人的初步印象是嬰寧整日"孜孜憨笑，似全無心肝者"，但作者在"異史氏曰"中強調"我嬰寧殆隱於笑者矣"，"隱於笑"者，笑中有所隱也。首先可以說"笑"中隱"智"，這一點從嬰寧與王生在花園中的對話可以看出，對此，但明倫辨析道：

遺花地上時，明明以花給目灼灼賊矣。藏之枕底者何為？出之袖中者又何為？而乃曰，存之何意，且喚老奴折園中花送之，若與己不相干也者。迨指出撚花人，則又曰，親情愛何待言，並愛亦與己不相干也者。至說出夫妻之愛，則又曰，不慣與生人睡，而且以之告母，若不知其不應說也者，若不知其當背人也者。其癡若此，真可恨矣。顧其言：此語不應說耶？是明明謂汝不應向我說也。曰：豈得背老母，是明明謂必待父母之命也。其謂寢處亦尋常事，何諱之？若曰：是子自謂共枕席為常事者，而顧謂我諱之乎？俛思良久時，不可謂非心中已自了了，不妨裝騃也。我嬰寧之不癡，無俟牆下惡作劇時而始見矣。觀其房中隱事不肯告人，此真尋常事而乃諱之耶？

但明倫點出了嬰寧之“裝騃”也即“不癡”。小說開頭，吳生為安慰思念成疾的王生，便編了一套謊話“紿之（騙他）”，說嬰寧是其姨妹，住在西南山中，後來竟然果然一一應中，但明倫分析道：“紿詞詭語，有謂其無心而幸中，是獃子語，不可讀聊齋，不可與論文。”今人推測：連王生與嬰寧再次相會的西南山村也是嬰寧利用法力安排佈置好的，如此理解，男女主人公的關係就像《翩翩》一樣：男被女善意地玩弄於股掌之間。考慮到嬰寧既是狐仙，具有神奇法力就並不奇怪，但該篇中確未直接明寫，設計致“西人子”於死地，似乎也並不需要多麼神奇的法力。其實，此篇妙就妙在似與不似、若有若無之間，解釋得過於落實，未必吻合原意，更重要的是興味全無矣。再看嬰寧的名字，語出《莊子・大宗師》：“其為物，無不將也，無不迎也；無不毀也，無不成也。其名攖寧，攖寧也者，攖而後寧者也。”恐怕很難說此篇中直接寄寓了作者什麼道家思想，即使有，這篇作品的鮮活的形象意義也要大於抽象的概念寓意，而嬰寧的從容不迫，與莊子所謂的“不將不迎”倒確有幾分相似。再者，“撚花而笑”的形象自然而然地使人想到古代文人耳熟能詳的佛教傳說：佛祖撚花示眾，迦葉尊者心領神會而微微一笑，同樣不能說此篇寄託了什麼佛教奧義。總之，嬰寧這一形象塑造得如此成功，作者顯然付出了很大的心血，作者也充分調動了一些重要的文化資源，但明倫所謂的嬰寧的“裝騃”，不就是道家所謂的“大智若愚”嗎？只是這種“大智若愚”全無佛道那種超然世外的架勢，而更多世俗生活的鮮活氣息。嬰寧這一形象乃是癡與不癡的統一，嬰寧鬼母說嬰寧“年已十六，獃癡如嬰兒”，此當是嬰寧名字的另一解，她的天真爛漫、率性而為，確實是一種“癡”，癡而見真，在這個意義上又可以說笑中隱“真”。率性而為、保持真性情其實恰恰需要智慧，“癡”中更有“不癡”在。作者撚出了嬰寧這朵美麗的花，期待着讀者會意的微笑呢！嬰寧的憨笑中隱藏着智慧，她首先是“智”的化身，以此反觀，以為她憨、癡、獃的男主人公卻原來才真正的憨、癡、獃，嬰寧對着男主人公的“笑”中其實正隱藏着善意的嘲諷呢，此可謂笑中隱“諷”。其次，笑中隱“愛”，小說開頭寫嬰寧遺花地上，“笑”語自去，但明倫分析道：“其有意耶，其無意耶？”“遺花地上時，明明以花給目灼灼賊矣。藏之枕底者何為？出之袖中者又何為？”不解風情的卻原來是男主人公！當被追問身世時，嬰寧只是“孜孜憨笑而已”，但氏分析道：“此處略露笑字之由。蓋此身之來歷，既不可明言，疑其為鬼，又不可置辨，無駭無悲，惟有孜孜憨笑以掩之，而徐察姑及郎之心而已。”此可謂笑中隱“憂”，而那時嬰寧已再無家可歸了，笑中又隱藏着她多麼豐富複雜的感情啊！後來終於不笑了，但氏分析道：“笑已成功，何必復笑？蓋至是而察姑及郎皆過愛矣，焉用笑？”可見此前的笑之萬般無奈與用心良苦。最後，談及改葬鬼母，嬰寧哭了，但氏分析道：“前此多少笑字，盡消納於零涕中”，“女撫哭哀痛”，“今日之哭，正以哭其前日之笑耳”，以此反觀，前此之笑也隱藏着“悲”。凡此可見嬰寧乃至情至性之人。最後，笑中隱“美”，“撚花而笑”已夠美的了，而“笑處嫣然，狂而不損其媚”；笑中隱“善”，“每值母憂怒，女至，一笑卽解。奴婢小過，恐遭鞭楚，輒求詣母共話，罪婢投見，恆得免”。總之，作者所謂的“隱於笑”乃是把握嬰寧形象的關鍵所在，作者也正是以“隱”的方式，塑造出了一個“真”、“善”、“美”、“情”、“智”、“性”，其中又主要是“情”與“智”集於一身的理想的女性形象。篇中的“笑”與“花”，不僅是塑造嬰寧形象的重要手段，而且也是全篇結構安排的重要手段，人、笑、花環環相扣，層層相映，構成了一個優美而又渾然一體的藝術世界，篇法嚴密而精美。其實，由“嬰寧”之名也可見作者在結構設置上的精巧的藝術匠心，對於《莊子・大宗師》中的“攖寧”，或解為“擾亂中保持安寧”，“攖而後寧”即“擾亂而後見其安寧”，也就是女主人公性格由“鬧（笑）”而“靜（不笑）”、由“隱（笑）”而“顯（不笑）”的過程，同時也恰恰是文章結構展開的過程，由此可見其清晰的脈絡。

聶小倩

寧采臣，浙人。性慷爽，廉隅[1]自重。每對人言：“生平無二色[2]。”適赴金華，至北郭，解裝蘭若。寺中殿塔壯麗，然蓬蒿沒人，似絕行蹤。東西僧舍，雙扉虛掩；惟南一小舍，扃鍵如新。又顧殿東隅，修竹拱把[3]，下有巨池，野藕已花。意甚樂其幽杳。會學使按臨[4]，城舍價昂，思便留止，遂散步以待僧歸。日暮，有士人來，啟南扉。寧趨為禮，且告以意。士人曰：“此間無房主，僕亦僑居。能甘荒落，旦晚惠教，幸甚！”寧喜，藉藁[5]代牀，支板作几，為久客計。是夜，月明高潔，清光似水，二人促膝殿廊，各展姓字。士人自言：“燕姓，字赤霞。”寧疑為赴試諸生[6]，而聽其音聲，殊不類浙。詰之，自言：“秦人。”語甚樸誠。既而相對詞竭，遂拱別歸寢。寧以新居，久不成寐。聞舍北喁喁，如有家口。起伏北壁石窗下，微窺之，見短牆外一小院落，有婦可四十餘；又一媼衣黷緋[7]，插蓬沓[8]，鮐背龍鍾[9]，偶語[10]月下。

婦曰：“小倩何久不來？”媼云：“殆好至矣。”婦曰：“將無向姥姥有怨言否？”曰：“不聞；但意似蹙蹙。”婦曰：“婢子不宜好相識[11]。”言未已，有一十七八女子來，彷彿豔絕。媼笑曰：“背地不言人，我兩個正談道，小妖婢悄來無迹響，幸不訾著短處。”又曰：“小娘子端好是畫中人，遮莫[12]老身是男子，也被攝魂去。”女曰：“姥姥不相譽，更阿誰道好？”婦人女子又不知何言。寧意其鄰人眷口，寢不復聽；又許時，始寂無聲。方將睡去，覺有人至寢所，急起審顧，則北院女子也。驚問之，女笑曰：“月夜不寐，願修燕好[13]。”寧正容曰：“卿防物議[14]，我畏人言。略一失足，廉恥道喪。”女云：“夜無知者。”寧又咄[15]之。女逡巡若復有詞。寧叱：“速去！不然，當呼南舍生知。”女懼，乃退。至戶外復返，以黃金一鋌置褥上。寧掇擲庭墀，曰：“非義之物，汙我囊橐！”女慚，出，拾金自言曰：“此漢當是鐵石。”詰旦，有蘭溪生攜一僕來候試，寓於東廂，至夜暴亡。足心有小孔，如錐刺者，細細有血出，俱莫知故。經宿，僕亦死，症亦如之。向晚燕生歸，寧質之，燕以為魅。寧素抗直[16]，頗不在意。宵分，女子復至，謂寧曰：“妾閱人多矣，未有剛腸如君者。君誠聖賢，妾不敢欺。小倩，姓聶氏，十八夭殂，葬寺側，被妖物威脅，歷役賤務，覥顏[17]向人，實非所樂。今寺中無可殺者，恐當以夜叉來。”寧駭求計。女曰：“與燕生同室可免。”問：“何不惑燕生？”曰：“彼奇人也，不敢近。”又問：“迷人若何？”曰：“狎昵我者，隱以錐刺其足，彼卽茫若迷，因攝血以供妖飲。又惑以金，非金也，乃羅剎鬼骨，留之能截取人心肝：二者，凡以投時好耳。”寧感謝，問戒備之期，答以“明宵”。

臨別泣曰：“妾墮玄海[18]，求岸不得。郎君義氣干雲[19]，必能拔生救苦。倘肯囊妾朽骨，歸葬安宅，不啻再造[20]。”寧毅然諾之。因問葬處，曰：“但記取白楊之上，有烏巢者是也。”言已出門，紛然[21]而滅。明日恐燕他出，早詣邀致。辰後具酒饌，留意察燕。既約同宿，辭以性癖耽寂[22]。寧不聽，強攜臥具來，燕不得已，移榻從之，囑曰：“僕知足下丈夫，傾風[23]良切。要[24]有微衷，難以遽白。幸勿翻窺篋襆，違之兩俱不利。”寧謹受教。既而各寢，燕以箱篋置窗上，就枕移時，齁[25]如雷吼。寧不能寐。近一更許，窗外隱隱有人影。俄而近窗來窺，目光睒閃[26]。寧懼，方欲呼燕，忽有物裂篋而出，耀若匹練，觸折窗上石櫺，欻然一射，即遽斂入，宛如電滅。燕覺而起，寧偽睡以覘之。燕捧篋檢徵，取一物，對月嗅視，白光晶瑩，長可二寸，徑非葉許。已而數重包固，仍置破篋中。自語曰：“何物老魅，直爾大膽，致壞篋子。”遂復臥。寧大奇之，因起問之，且告以所見。燕曰：“既相知愛，何敢深隱。我，劍客也。若非石櫺，妖當立斃；雖然，亦傷。”問：“所緘何物？”曰：“劍也。適嗅之，有妖氣。”寧欲觀之。慨出相示，熒熒然一小劍也。於是益厚重燕。明日，視窗外，有血迹。遂出寺北，見荒墳纍纍，果有白楊，烏巢[27]其顛。迨營謀既就，趣裝欲歸。燕生設祖帳[28]，情義殷渥[29]，以破革囊贈寧，曰：“此劍袋也。寶藏可遠[30]魑魅。”寧欲從受其術。曰：“如君信義剛直，可以為此，然君猶富貴中人，非此道中人也。”寧乃託有妹葬此，發掘女骨，斂以衣衾，賃舟而歸。寧齋臨野，因營墳葬諸齋外，祭而祝曰：“憐卿孤魂，葬近蝸居，歌哭相聞，庶不見陵[31]於雄鬼。一甌漿水飲，殊不清旨，幸不為嫌！”祝畢而返，後有人呼曰：“緩待同行！”回顧，則小倩也。歡喜謝曰：“君信義，十死不足以報。請從歸，拜識姑嫜[32]，媵禦無悔。”審諦之，肌映流霞，足翹細筍，白晝端相[33]，嬌麗尤絕。遂與俱至齋中。囑坐少待，先入白母。母愕然。時寧妻久病，母戒勿言，恐所駭驚。言次，女已翩然入，拜伏地下。寧曰：“此小倩也。”母驚顧不遑。女謂母曰：“兒飄然一身，遠父母兄弟。蒙公子露覆[34]，澤被髮膚，願執箕帚[35]，以報高義。”母見其綽約可愛，始敢與言，曰：“小娘子惠顧吾兒，老身喜不可已。但生平止此兒，用承祧緒[36]，不敢令有鬼偶。”女曰：“兒實無二心。泉下人，既不見信於老母，請以兄事，依高堂，奉晨昏[37]，如何？”母憐其誠，允之。即欲拜嫂，母辭以疾，乃止。女即入廚下，代母尸饔[38]。入房穿榻，似熟居者。日暮，母畏懼之，辭使歸寢，不為設牀褥。女窺知母意，即竟去。過齋欲入，卻退，徘徊戶外，似有所懼。生呼之。女曰：“室有劍氣畏人。向道途中不奉見者，良以此故。”寧悟為革囊，取懸他室。女乃入，就燭下坐；移時，殊不一語。久之，問：“夜讀否？妾少誦《楞嚴經》，今強半遺忘。浼求一卷，夜暇，就兄正之。”寧諾。又坐，默然，二更向盡，不言去。寧促之。愀然曰：“異域孤魂，殊怯荒墓。”寧曰：“齋中別無牀寢，且兄妹亦宜遠嫌。”女起，容顰蹙而欲啼，足偃儴[39]而懶步，從容出門，涉階而沒。寧竊憐之，欲留宿別榻，又懼母嗔。女朝旦朝母，捧匜沃盥[40]，下堂操作，無不曲承母志。黃昏告退，輒過齋頭，就燭誦經。覺寧將寢，始慘然去。先是，寧妻病廢，母劬[41]不可堪；自得女，逸甚，心德之。日漸稔，親愛如已出，竟忘其為鬼，不忍晚令去，留與同臥起。女初來未嘗食飲，半年漸啜稀飽[42]。母子皆溺愛之，諱言其鬼，人亦不之辨也。無何，寧妻亡，母隱有納女意，然恐於子不利。女微窺之，乘間告母曰："居年餘，當知肝鬲。為不欲禍行人，故從郎君來。區區無他意，止以公子光明磊落，為天人所欽矚，實欲依贊[43]三數年，借博封誥[44]，以光泉壤[45]。"母亦知無惡，但懼不能延宗嗣。女曰："子女惟天所授。郎君注福籍[46]，有亢宗[47]子三，不以鬼妻而遂奪[48]也。"母信之，與子議。寧喜，因列筵告戚黨。或請覿新婦，女慨然華妝出，一堂盡眙[49]，反不疑其鬼，疑為仙。由是五黨[50]諸內眷，咸執贄[51]以賀，爭拜識之。女善畫蘭梅，輒以尺幅酬答，得者藏什襲[52]以為榮。一日，俛頸窗前，怊悵若失。忽問："革囊何在？"曰："以卿畏之，故緘置他所。"曰："妾受生氣已久，當不復畏，宜取掛牀頭。"寧詰其意，曰："三日來，心怔忡[53]無停息，意金華妖物，恨妾遠遁，恐旦晚尋及也。"寧果攜革囊來。女反復審視，曰："此劍仙將盛人頭者也。敝敗至此，不知殺人幾何許！妾今日視之，肌猶粟慄[54]。"乃懸之。次日，又命移懸戶上。夜對燭坐，約寧勿寢。欻有一物，如飛鳥墮。女驚匿夾幙間。寧視之，物如夜叉狀，電目血舌，睒閃攫拿[55]而前，至門卻步，逡巡久之，漸近革囊，以爪摘取，似將抓裂。囊忽格然一響，大可合簣[56]，恍惚有鬼物，突出半身，揪夜叉入。聲遂寂然，囊亦頓縮如故。寧駭詫，女亦出，大喜曰："無恙矣！"共視囊中，清水數斗而已。後數年，寧果登[57]進士。女舉一男。納妾後，又各生一男，皆仕進有聲。

注釋

1. 廉隅：行為端正、不苟且的樣子。
2. 生平無二色：意思是說除了妻子外不與第二個女子要好。
3. 拱把：兩手合圍為拱，拱把這裡形容竹子粗大。
4. 按臨：在任期三年內，學使分赴各府舉行歲試和科試各一次，叫“按臨”。
5. 藉藁：鋪稻草。
6. 諸生：秀才的別稱。
7. 衣𪏭緋：穿着紅色的褪色的舊衣服。
8. 蓬沓：銀質的梳篦，作婦女插在頭上的裝飾物。
9. 鮐背龍鍾：老年人背皮黑皺消瘦而衰老的樣子。
10. 偶語：兩個人對話。
11. 好相識：客氣對待。
12. 遮莫：假使。
13. 燕好：男女要好。
14. 物議：別人的議論、批評。
15. 咄：喝斥的聲音。
16. 抗直：爽直，剛強不屈。
17. 靦顏：厚着臉皮。
18. 玄海：佛教中指苦海。
19. 義氣干雲：義氣沖上雲霄，形容氣魄很大。
20. 再造：再生。
21. 紛然：這裡形容腳步很亂的樣子。
22. 耽寂：喜歡安靜。
23. 傾風：傾慕風度，與“久仰”意近。
24. 要：總之。
25. 齁：熟睡打呼的聲音。
26. 睒閃：眼光瞥視、閃爍不定的樣子。

27. 巢：動詞，做窩。

28. 設祖帳：古人把掌管道路的神稱作祖神，祭拜他可保一路平安，後來設祖帳指為餞行而擺設酒食。

29. 情義殷渥：情義殷切深厚。

30. 遠：動詞，遠離。

31. 陵：欺負。

32. 姑嫜：婆婆與公公。

33. 端相：仔細地看。

34. 露覆：受恩澤覆蓋，指受恩惠、被照顧的意思。

35. 執箕帚：指做灑掃一類的事情。

36. 承祧緒：意思是做繼承人，祧指祖廟祠堂。

37. 奉晨昏：早晚服侍的意思。

38. 尸饔：料理飲食。

39. 偃僂：走路時歪歪倒倒的樣子。

40. 捧匜沃盥：匜指盛水器，意思是照料洗漱。

41. 劬：勞苦。

42. 飽：粥湯。

43. 依贊：依靠並幫助 。

44. 封誥：皇帝封贈大臣及其祖先、妻子爵位、名號，又專指妻子因丈夫而受封。

45. 光泉壤：讓鬼也獲得榮耀的意思。

46. 注福籍：福祿、命運早在天上的簿冊中注定了。

47. 亢宗：光宗耀祖的意思。

48. 奪：剝奪，取消。

49. 眙：因驚異而目不轉睛地看着。

50. 五黨：主要的親戚關係。

51. 贄：見面禮。

52. 什襲：重疊的包裹。

53. 怔忡：心跳害怕的樣子。
54. 粟慄：因害怕而皮膚上起小疙瘩。
55. 攫拿：形容抓取的樣子。
56. 合簣：指有兩個畚箕合起來那麼大。
57. 登：考取而登上榜。

串講

這是一個關於美麗的女鬼的故事。寧采臣應考去金華，住在一處寺廟裡，傍晚來了一個人，姓燕，告訴他此處沒有房主，他也是借住在這裡的。晚上，寧生久久不能入睡，聽見北院有人說話，起身透過窗戶往外一看，見月下有兩個婦人，似乎在談論着一個叫“小倩”的女子。她們的話音未落，又來了個十七八歲的年輕女子。寧生想可能是住在這裡的一家人，就躺下不再聽了。快睡着的時候，感覺有人來了，急忙起來一看，原來竟是北院的那個年輕女子。女子挑逗他，被他斷然拒絕。那女子被喝退後，到了門外又進來了，把一塊黃金放在他牀上，又被他扔了出去。第二天，有個也是應試的書生帶着一個僕人住在東廂房，在夜裡暴亡，過了一夜，僕人也暴死，而兩人死的情形竟完全一樣。寧生問燕生，燕生認為這是鬼魅作祟。半夜，那女子又來了，告訴寧生實情：她叫小倩，姓聶，十八歲夭亡，葬在這寺廟的旁邊，被妖物脅迫着用色相去迷惑人，誰要上當與她親熱，就暗地裡用錐子刺他的腳，攝取他的血供給妖物喝。黃金也是用來迷惑人的一種手段。現在廟裡無人可殺了，恐怕要以夜叉來害人。小倩讓他搬到燕生那裡去住，並請寧生把她改葬他處，以解脫妖物對她的脅迫。寧生搬到燕生房裡住，睡前，燕生把自己的箱包放在窗台上。寧生睡不着，一更天左右，果然來了，妖物才靠近窗戶，箱包裡就射出一道光。然後燕生告訴寧生，他本是劍客，剛才從箱包裡射出的光其實是一把劍，那妖物沒有被擊斃，但肯定被擊傷了。寧生準備回家，燕生就把可以防避鬼魅的裝劍的皮袋贈給了他。寧生挖出小倩的屍骨，帶回家，葬在書齋外。埋葬、祭禱完後，寧生才準備回去，突然聽見身後有人喊他，回頭一看，原來竟是小倩，就把她帶回家。當時寧生的妻子正病着，寧生的母親開始很害怕，知道小倩並無惡意就收留下她，小倩就開始在寧家操持家務活兒。傍晚寧母還是有些害怕，沒有給她安排牀，小倩只好準備離開。經過書齋，寧生喊她進來，她說屋裡有一股劍氣讓她很害怕，寧生明白了是因為裝劍的皮袋，就把它掛到別的屋去了。小倩進屋後讀佛經，深夜又淒涼地離開。自從寧妻大病以來，家務活使寧母非常勞累，小倩攬下家務活後，寧母就非常安逸了，心裡覺得小倩非常好，日復一日，越來越熟悉，對她就像親生女兒一樣了，竟忘了她是鬼，不忍心晚上讓她走，就留下與她睡在一起。不久，寧妻去世，寧母心裡有娶小倩作媳婦的意思，但有顧慮，了解到小倩能與兒子生兒育女後，就讓他們成親了。小倩感到金華的那個妖物早晚要追尋到這裡來找她，就讓寧生把那裝劍的皮袋再掛起來。第二天晚上，那妖物果然來了，最後終於被皮袋收了進去，化作清水。從此，小倩再也沒有什麼可害怕的了。後來，寧生考中進士，小倩為他生了個男孩。

評析

本篇涉及兩種世界、四個形象、兩條線索：妖、鬼（小倩）是一個世界，人（寧生）、俠（燕生）是一個世界，兩條線索中俠、妖之戰是副線，人、鬼之戀是主線，作者正是以這些設置安排，來塑造小倩與寧生這兩個形象的。情節在張弛、剛柔交疊中形成了一定節奏感。首先，情節是從荒廟中一個"月明高潔，清光似水"之夜開始展開的，寧生與燕生交談，而燕生“語甚樸誠”，“既而相對詞竭”，這一描寫既符合燕生作為劍客的性格特徵，同時因為兩人話很少，燕生的身份也就比較自然地沒有過早地顯露出來。接着是月下兩個婦女對話，從對話中透露出的一些資訊是：一小倩“意似蹙蹙”，二小倩很美麗，也是埋下伏筆，而寧生覺得她們是在談論家常，也就沒有在意。這是一片令人放鬆的祥和氛圍，但卻是情節的蓄勢待發。接着，小倩登場，以色、財引誘寧生遭拒，第二、三兩夜，新住進來的主僕二人接連暴死，而且死法相同，情節開始變得緊張起來。然後，小倩再次登場，說明自己身份，引出背後威脅她的妖物，短暫鬆弛的情節又繼續往緊張發展，因為妖物要以夜叉來害寧生。這時又從小倩話中引出燕生是個“奇人”。接着是燕生篋中之劍刺傷、趕跑妖物，情節緊張至極後又鬆弛下來。小倩、燕生的身份都是隨着情節的發展一步一步顯露出來的，在四種形象的交叉關係中，小倩、寧生的性格也逐漸顯露出來：被妖物威脅表明小倩的柔弱，寧生堅拒色、財誘惑後，她就以身相託，表明色、財不僅是害人的手段，其實也是她的試金石，她以此試金石渴望尋找到能拯救她脫離苦海的人，而經過這試金石考驗後，寧生“慷爽，廉隅自重”的性格也就顯露出來了。小倩因柔弱才被妖物脅迫，寧生因慷爽才得劍客幫助，作者正是在人物與人物之間的關係中來刻畫、表現人物性格的。荒廟可以說是一個鬼世界，接下來由這一鬼世界轉到了寧生家這一人世界，同時也是由俠、妖大戰的剛性世界，轉到了小倩“曲承母志”的柔性世界，再者，也是俠、妖之戰轉到暗處，人、鬼之戀上升到明處。再細加分析，前半部分妖物對小倩的脅迫是由暗轉明，後半部分俠客對寧生的幫助是由明轉暗（以劍囊幫助他），前後亦有對稱應合之結構之美。最後，情節再度緊張起來，俠徹底戰勝妖（劍囊將妖物化為清水），俠、妖之戰就此了結，人、鬼之戀也有了美滿的結果。篇末“寧果登進士”，一“果”字再次點出俠客而與前面相呼應，因為前面曾寫到寧生要向俠客學劍術，俠客已預測說寧生是“富貴中人”。再細分析，副線中當妖物在背後而小倩在前場時，俠、妖之戰未能展開，正是小倩的退出，俠、妖之戰才得以了結，而主線中寧生妻子的“退出（死亡）”才使人、鬼之戀得到好的了結。這兩條線索的發展過程也是存在相似之處的。凡此種種可見作者的藝術匠心，讀者當細加品味。

紅玉

廣平馮翁有一子，字相如，父子俱諸生。翁年近六旬，性方鯁，而家屢空[1]。數年間，媼與子婦又相繼逝，井臼[2]自操之。一夜，相如坐月下，忽見東鄰女自牆上來窺。視之，美；近之，微笑；招以手，不來亦不去。固請之，乃梯而過，遂共寢處。問其姓名，曰：“妾鄰女紅玉也。”生大愛悅，與訂永好，女諾之。夜夜往來，約半年許。翁夜起，聞女子含笑語，窺之，見女，怒，喚生出，罵曰：“畜產所為何事！如此落寞，尚不刻苦，乃學浮蕩耶？人知之，喪汝德，人不知，促汝壽！”生跪自投，泣言知悔。翁叱女曰：“女子不守閨戒，既自玷，而又以玷人。倘事一發，當不僅貽寒舍羞！”罵已，憤然歸寢。女流涕曰：“親庭罪責，良足愧辱！我二人緣分盡矣！”生曰：“父在不得自專。卿如有情，尚當含垢為好。”女言辭決絕，生乃灑涕。女止之曰：“妾與君無媒妁之言，父母之命，踰牆鑽隙，何能白首？此處有一佳耦，可聘也。”告以

貧。女曰：“來宵相俟，妾為君謀之。”次夜，女果至，出白金四十兩贈生。曰：“去此六十里，有吳村衛氏，年十八矣，高其價，故未售[3]也。君重啗之，必合諧允。”言已，別去。生乘間語父，欲往相之，而隱饋金不敢告。翁自度無貲，以是故，止之。生又婉言：“試可乃已。”翁頷[4]之。生遂假僕馬，詣衛氏。衛故田舍翁，生呼出引與閒語。衛知生望族[5]，又見儀采軒豁[6]，心許之，而慮其靳於貲。生聽其詞意吞吐，會其旨，傾囊陳几上。衛乃喜，浼鄰生居間[7]，書紅箋而盟焉，生入拜媼。居室偪側[8]，女依母自幛。微睨之。雖荊布[9]之飾，而神情光豔，心竊喜。衛借舍款壻，便言：“公子無須親迎。待少作衣妝，即合舁送去。”生與期而歸。詭告翁，言衛愛清門，不責貲。翁亦喜。至日，衛果送女至。女勤儉，有順德[10]，琴瑟甚篤[11]。踰二年舉一男，名福兒。會清明，抱子登墓，遇邑紳宋氏。宋官御史，坐行賕免[12]，居林下[13]，大煽[14]威虐。是日亦上墓歸，見女豔之，問村人，知為生配。料馮貧士，誘以重賂，冀可搖，使家人風示[15]之。生驟聞，怒形於色；旣思勢不敵，斂怒為笑，歸告翁。大怒，奔出，對其家人，指天畫地，詬罵萬端。家人鼠竄而去。宋氏亦怒，竟遣數人入生家，毆翁及子，洶若沸鼎。女聞之，棄兒於牀，披髮號救。群篡[16]舁之，閧然便去。父子傷殘，吟呻在地，兒呱呱啼室中。鄰人共憐之，扶之榻上。經日，生杖而能起；翁忿不食，嘔血尋斃。生大哭，抱子興詞[17]，上至督撫，訟幾徧，卒不得直[18]。後聞婦不屈死，益悲。冤塞胸吭，無路可伸。每思要路刺殺宋，而慮其扈從繁，兒又罔託。日夜哀思，雙睫為不交。忽一丈夫弔諸其室，虬髯闊頷，曾與無素[19]。挽坐，欲問邦族。客遽曰：

“君有殺父之仇，奪妻之恨，而忘報乎？”生疑為宋人之偵，姑偽應之。客怒眥欲裂[20]，遽出曰：“僕以君人也，今乃知不足齒之傖！”生察其異，跪而挽之，曰：“誠恐宋人餂[21]我。今實佈腹心：僕之臥薪嘗膽者，固有日矣。但憐此褓中物，恐墜宗祧。君義士，能為我杵臼[22]否？”客曰：“此婦人女子之事，非所能。君所欲託諸人者，請自任之；所欲自任者，願得而代庖焉。”生聞，崩角[23]在地，客不顧而出。生追問姓字，曰：“不濟[24]，不任受怨；濟，亦不任受德。”遂去。生懼禍及，抱子亡去。至夜，宋家一門俱寢，有人越重垣入，殺御史父子三人，及一媳一婢。宋家具狀告官，官大駭。宋執[25]謂相如，於是遣役捕生，生遁不知所之，於是情益真。宋僕同官役諸處冥搜，夜至南山，聞兒啼，迹得之，繫縲[26]而行。兒啼愈嗔，群奪兒拋棄之，生冤憤欲絕。見邑令，問：“何殺人？”生曰：“冤哉！某以夜死，我以晝出，且抱呱呱者，何能踰垣殺人？”令曰：“不殺人，何逃乎？”生詞窮，不能置辨。乃收[27]諸獄。生泣曰：“我死無足惜，孤兒何罪？”令曰：“汝殺人子多矣，殺汝子何怨？”生既褫革[28]，屢受梏慘[29]，卒無詞。令是夜方臥，聞有物擊牀，震震有聲，大懼而號。舉家驚起，集而燭之；一短刀，銛[30]利如霜，剁牀入木者寸餘，牢不可拔。令睹之，魂魄喪失。荷戈徧索，竟無蹤迹。心竊餒，又以宋人死，無可畏懼，乃詳諸憲[31]，代生解免，竟釋生。生歸，甕無升斗，孤影對四壁。幸鄰人憐饋食飲，苟且自度[32]。念大仇已報，則囅然喜；思慘酷之禍，幾於滅門，則淚潸潸墮；及思半生貧徹骨，宗支不續，則於無人處，大哭失聲，不復能自禁。如此半年，捕禁益懈。乃哀邑令，求判還衛氏之骨。及葬而歸，悲怛[33]欲死，輾轉空牀，竟無生路。忽有款門者，凝神寂聽，聞一人在門外，譨譨[34]與小兒語。生急起窺覘，似一女子。扉初啟，便問："大冤昭雪，可幸無恙！"其聲稔熟，而倉卒不能追憶。燭之，則紅玉也。挽一小兒，嬉笑跨[35]下。生不暇問，抱女嗚哭，女亦慘然。既而推兒曰："汝忘爾父耶？"兒牽女衣，目灼灼視生。細審之，福兒也。大驚，泣問："兒那得來？"女曰："實告君，昔言鄰女者，妄也，妾實狐。適宵行，見兒啼谷口，抱養於秦。聞大難既息，故攜來與君團聚耳。"生揮涕拜謝，兒在女懷，如依其母，竟不復能識父矣。天未明，女即遽起，問之，答曰："奴欲去。"生裸跪牀頭，涕不能仰。女笑曰："妾誑君耳。今家道新創，非夙興夜寐不可。"乃剪莽擁篲[36]，類男子操作。生憂貧乏，不自給。女曰："但請下帷[37]讀，勿問盈歉，或當不殍[38]餓死。"遂出金治織具，租田數十畝，僱傭耕作。荷鑱誅茅，牽蘿補屋[39]，日以為常。里黨[40]聞婦賢，益樂貲助之。約半年，人煙騰茂，類素封[41]家。生曰："灰燼之餘，卿白手再造矣。然一事未就安妥，如何？"詰之，答曰："試期已迫，巾服尚未復[42]也。"女笑曰："妾前以四金寄廣文[43]，已復名在案。若待君言，悞之已久。"生益神之。是科遂領鄉薦。時年三十六，腴田連阡，夏屋渠渠[44]矣。女嫋娜如隨風欲飄去，而操作過農家婦；雖嚴冬自苦，而手膩如脂。自言二十八歲，人視之，常若二十許人。

異史氏曰："其子賢，其父德，故其報之也俠。非特人俠，狐亦俠也。遇亦奇矣！然官宰悠悠[45]，豎人毛髮，刀震震入木，何惜不略移牀上半尺許哉？使蘇子美[46]讀之，必浮白曰：'惜乎擊之不中！'"

注釋

1. 屢空：時常一點東西也沒有，意思是很窮。

2. 井臼：從井裡汲水、舂米，代指一般家務事。

3. 未售：沒有成功。

4. 頷：點頭同意。

5. 望族：有聲望的高貴家族。

6. 軒豁：形容態度開朗的意思。

7. 浼：請託；居間：做中間介紹人。

8. 偪側：迫近、狹窄的意思。

9. 荊布：荊釵布裙的省詞，樸素的服飾。

10. 順德：指妻子服從丈夫。

11. 琴瑟甚篤：夫妻關係非常好，琴瑟乃夫婦的象徵詞。

12. 坐行賕：犯了行賄的罪；免：罷免，革職。

13. 林下：田間，鄉間，代指退職官員。

14. 煽：發揮，顯示。

15. 風示：風同"諷"，暗示，委婉曲折地示意。

16. 篡：奪取。

17. 興詞：告狀。

18. 直：申冤、勝訴的意思。

19. 無素：沒有交往，不認識。

20. 眥欲裂：眼眶要裂開了，形容非常憤怒的樣子。

21. 餂：套騙，鉤取。

22. 杵臼：指春秋時晉國人公孫杵臼。他是趙朔的門人，趙朔被殺後，他與程嬰一起保住了趙朔的後代。

23. 崩角：磕響頭。

24. 濟：成功。

25. 執：堅持，一口咬定。

26. 縶縲：用繩子綑綁。

27. 收：拘押。

28. 褫革：秀才犯罪，必須先請學官革掉秀才的功名，不准再穿戴秀才的衣飾，叫“褫革”，其後才能對其動刑拷問。

29. 梏慘：指酷刑。

30. 銛：鋒利。

31. 詳諸憲：古代下級向上級官署呈報的文書叫“詳”，憲指對上級官員的尊稱，這裡的意思是向上級呈報文書。

32. 苟且自度：馬馬虎虎活下去的意思。

33. 悲怛：悲慘，悲痛。

34. 譊譊：形容多話的樣子。

35. 跨：同“胯”。

36. 剪莽擁篲：割草掃地，泛指辛苦勞動。

37. 下帷：放下帷幕而專心讀書。

38. 殍：同“莩”，餓死。

39.“荷鑱”句：扛着鋤頭去除草，用藤蘿來補屋的漏洞。

40. 里黨：同鄉，鄰居。

41. 素封：並不由做官而來的殷實、富有。

42. 巾服尚未復：秀才褫革後需申請重新恢復秀才功名，再穿戴起秀才的頭巾和制服，然後才能參加鄉試。

43. 廣文：指教官。

44. 夏屋渠渠：高大的房屋深而廣的樣子。

45. 悠悠：這裡指荒謬糊塗的意思。

46. 蘇子美：宋人蘇舜欽的字。

串講

這是一個有關報仇的俠義故事。馮相如的母親、妻子數年間相繼去世，只剩下父子倆相依為命。有一次，相如瞞着父親，與鄰居一個叫紅玉的女子夜夜往來，過了約半年，父親發現了，就大罵他們。紅玉就與相如分手，送給他四十兩白金，安排他把衛家女娶到了家。衛家女勤儉、恭順，夫妻倆關係非常好，過了兩年生了個男孩。清明節，相如妻子抱兒子去掃墓，被邑紳宋氏看到。宋氏曾做過御史，因為行賄被免職，離職回家後作威作福。宋氏想用錢買相如的妻子，相如父親知道後不停地大罵。宋大怒，竟然指派幾個人到馮家，毆打馮氏父子，並把相如的妻子搶走。相如父親忿恨得不吃飯，吐血而死。相如大哭，抱着兒子到處告狀，一直告到督撫，來回告了幾遍，終於沒能申冤。相如的妻子不屈而死，相如更加悲憤，冤氣沖天，無處可伸，於是就想刺殺宋氏，可是又考慮到他扈從很多，兒子又無人託付，思前想後，整日睡不着覺。忽然一個他不認識的大鬍子壯士來憑弔，說要幫相如報仇，相如就要把兒子託付給他，他不願意，要直接替相如報殺父之仇和奪妻之恨。相如感謝不盡，而壯士不願留下姓名就走了。相如擔心禍及自己，就抱着兒子逃亡了。這天夜裡，宋家父子三人等被殺，宋家告到官府，一口咬定是相如幹的，於是就追捕相如。追到南山，聽見小孩的哭聲，就把相如抓住了，還從他手中奪過孩子扔在荒野。相如被革去秀才名份，關進監獄，屢受嚴刑拷打。這天夜裡，邑令正睡覺，突然一把鋒利的短刀插在了他牀上，怎麼拔也拔不出來。邑令心中害怕，又覺得宋氏反正已經死了，就向上司彙報，把相如放了。相如回到家，忽喜忽悲，大哭失聲。半年後，在他的哀求下，邑令把他妻子的屍骨判還給了他，他安葬完妻子回到家後，感到走投無路。這時候，忽然有人敲門，凝神靜聽，聽見一個人在門外正與小孩說話，打開門一看，竟然是紅玉領着他的兒子回來了。紅玉就把實情告訴他，原來紅玉本是個狐女，那天正好在路上發現孩子，就抱了回來。從此，紅玉讓相如安心讀書，自己則像男子一樣操持屋裡屋外的活兒，過了半年，家裡就慢慢富裕起來了。紅玉提前花錢替相如恢復了秀才的名份，相如鄉試也考得很好。

評析

本篇以馮相如報仇為中軸線，塑造了“人俠”與“狐俠”也是“男俠”與“女俠”兩個藝術形象，從表現方式來說，塑造人物又主要運用的是“掩映之法”。開篇寫馮生與狐女紅玉相悅而同居，馮父發現後把他們大罵一通，“女流涕曰：‘親庭罪責，良足愧辱！我二人緣分盡矣！’生曰：‘父在不得自專。卿如有情，尚當含垢為好。’女言辭決絕，生乃灑涕”，其實此處已可見紅玉俠烈性格，按馮生的說法，紅玉“含垢”繼續與他來往不是不可能的，但她“言辭決絕”，不願如此苟且下去。接着為馮生籌錢娶妻，其實也已是俠義之舉了。然後紅玉就隱去了。在紅玉的幫助下，馮生娶妻生子，接着卻禍從天降，退職的宋御史竟然在光天化日之下以暴力搶走馮生的妻子，馮父被暴打後“忿不食，嘔血尋斃”，馮妻也不屈而死，馮生“大哭，抱子興詞，上至督撫，訟幾徧，卒不得直”，由此可見吏治之黑暗，私自報仇確是平民百姓無奈之舉。馮生於是極欲報仇，但又勢單力薄。在此情況下“男（人）俠”出場了，簡短的對話如“不濟，不任受怨；濟，亦不任受德”等及“客怒眥欲裂”等神情描寫，即已勾畫出了一個活生生的俠烈的壯士形象了。馮生欲託孤，俠客卻說：“此婦人女子之事，非所能。君所欲託諸人者，請自任之；所欲自任者，願得而代庖焉。”但明倫對此分析道：“杵臼之事，而以為婦人女子事，非輕杵臼也，以代庖之事觀之，則抱呱呱者直婦人女子事耳。亦作者有意為下文抱養事作一伏筆，又恐犯實，急以請自任之一語掩過，遂全無痕迹。”

“丈夫二字，直對婦人女子言，且與狐女對照，如兩山並峙，突如其來，飄然而去。此段文氣，純胎息左盲，非徒摹其形似者。”這裡既用了伏筆法，也可以說用了“雙提法”，寫男（人）俠的同時也在寫女（狐）俠（可參見後面對《晚霞》篇的相關分析）。男俠的第一個舉動是殺了宋御史父子三人及一媳一婢，第二個舉動篇中是這樣描寫的：“令是夜方臥，聞有物擊牀，震震有聲，大懼而號。舉家驚起，集而燭之；一短刀，銛利如霜，剁牀入木者寸餘，牢不可拔。令睹之，魂魄喪失。荷戈徧索，竟無蹤迹。”這一細節描寫形象地刻畫了俠客來無影去無蹤的特點，篇末作者在“異史氏曰”中議論道：“何惜不略移牀上半尺許哉？使蘇子美讀之，必浮白曰：‘惜乎擊之不中！’”可見作者強烈的愛憎分明之情。在男俠的幫助下，大仇得報，馮生得救，篇中描寫道：“念大仇已報，則囅然喜；思慘酷之禍，幾於滅門，則淚潸潸墮；及思半生貧徹骨，宗支不續，則於無人處，大哭失聲，不復能自禁。”但明倫對此分析云：“數語為一篇之警策。從生心中寫出三層，使讀者咸賞其情致之纏綿，用筆之周匝，幾忘其為承接過渡之筆。”《聊齋》的一大藝術特點正在於情節設置與人物描寫的高度交融，此處明為寫人物心理，實際上卻又是在安排情節之過渡，確可見作者用筆之細緻周到。篇末，紅玉帶着馮子重又登場，但明倫分析云：“前者丈夫弔諸其室，至大冤昭雪，丈夫之事已畢矣；而婦人女子，忽來款門，以杵臼之事果出之於婦人女子，巾幗有色而丈夫無色，狐有色而人無色矣。”全篇所用正是“掩映之法”。全篇結構又極近西洋音樂中迴旋曲A-B-A的曲式結構，紅玉開篇出場，篇中隱去，篇末重又出現，篇中寫男（人）俠既是為了烘托女（狐）俠，同時經此“迴旋”，又使紅玉這一形象更為可感、更為豐滿了。

翩翩

羅子浮，邠人，父母俱早世[1]，八九歲，依叔大業。業為國子左廂[2]，富有金繒而無子，愛子浮若己出。十四歲，為匪人誘去作狹邪遊[3]，會有金陵娼，僑寓郡中，生悅而惑之。娼返金陵，生竊從遁去。居娼家半年，牀頭金盡，大為姊妹行[4]齒冷，然猶未遽絕之。無何，廣創[5]潰臭，沾染牀席，逐而出。丐於市，市人見輒遙避。自恐死異域，乞食西行，日三四十里，漸至邠界。又念敗絮膿穢，無顏入里門，尚趑趄近邑間[6]。日既暮，欲趨山寺宿，遇一女子，容貌若仙，近問："何適？"生以實告。女曰："我出家人，居有山洞，可以下榻，頗不畏虎狼。"生喜，從去。入深山中，見一洞府。入則門橫溪水，石樑[7]駕之。又數武，有石室二，光明徹照，無須燈燭。命生解懸鶉[8]，浴於溪流，曰："濯之，創當愈。"又開幛拂褥促寢，曰："請即眠，當為郎作袴。"乃取大葉類芭蕉，剪綴作衣，生臥視之。製無幾時，摺疊牀頭，曰："曉取著之。"乃與對榻寢。生浴後，覺創瘍無苦，既醒，摸之，則痂厚結矣。詰旦，將興，心疑蕉葉不可著，取而審視，則綠錦滑絕。少間，具餐。女取山葉呼作餅，食之，果餅；又剪作雞、魚，烹之，皆如真者。室隅一罌，貯佳醞，輒復取飲，少減，則以溪水灌益之。數日創痂盡脫，就女求宿。女曰："輕薄兒！甫能安身，便生妄想！"生云："聊以報德。"遂同臥處，大相歡愛。一日，有少婦笑入，曰："翩翩小鬼頭快活死！薛姑子好夢，幾時做得？"女迎笑曰："花城娘子，貴趾久弗涉，今日西南風緊，吹送來也！小哥子抱得未[9]？"曰："又一小婢子[10]。"

女笑曰：“花娘子瓦窰[11]哉！那弗將來[12]？”曰：“方嗚之[13]，睡卻矣。”於是坐以款飲。又顧生曰：“小郎君焚好香[14]也。”生視之，年廿有三四，綽有餘妍，心好之。剝果誤落案下，俯假拾果，陰撚翹鳳；花城他顧而笑，若不知者。生方怳然神奪，頓覺袍袴無溫，自顧所服，悉成秋葉，幾駭絕。危坐移時，漸變如故。竊幸二女之弗見也。少頃，酬酢間，又以指搔纖掌。花城坦然笑謔，殊不覺知。突突怔忡[15]間，衣已化葉，移時始復變。由是慚顏息慮，不敢妄想。花城笑曰：“而家小郎子，大不端好！若弗是醋葫蘆娘子，恐跳迹入雲霄去[16]。”女亦哂曰：“薄倖[17]兒，便值得寒凍殺！”相與鼓掌。花城離席曰：“小婢醒，恐啼腸斷矣。”女亦起曰：“貪引他家男兒，不憶得小江城啼絕矣。”花城既去，懼貽誚責；女卒晤對如平時。居無何，秋老風寒，霜零木脫，女乃收落葉，蓄旨禦冬[18]。顧生肅縮，乃持襆掇拾洞口白雲，為絮複衣，著之，溫煗如襦，且輕鬆常如新綿。逾年，生一子，極惠美，日在洞中弄兒為樂。然每念故里，乞與同歸。女

曰：“妾不能從。不然，君自去。”因循[19]二三年，兒漸長，遂與花城訂為姻好。生每以叔老為念。女曰：“阿叔臘[20]故大高，幸復強健，無勞懸耿。待保兒婚後，去住由君。”女在洞中，輒取葉寫書教兒讀，兒過目即了。女曰：“此兒福相，放教入塵寰，無憂至台閣[21]。”未幾，兒年十四，花城親詣送女，女華妝至，容光照人。夫妻大悅。舉家讌集。翩翩扣釵而歌曰：“我有佳兒，不羡貴官。我有佳婦，不羡綺紈[22]。今夕聚首，皆當喜歡。為君行酒，勸君加餐。”既而花城去，與兒夫婦對室居。新婦孝，依依膝下，宛如所生。生又言歸，女曰：“子有俗骨，終非仙品。兒亦富貴中人，可攜去，我不誤兒生平[23]。”新婦思別其母，花城已至。兒女戀戀，涕各滿眶。兩母慰之曰：“暫去，可復來。”翩翩乃剪葉為驢，令三人跨之以歸。大業已歸老林下，意姪已死，忽攜佳孫美婦歸，喜如獲寶。入門，各視所衣，悉蕉葉，破之，絮蒸蒸騰去，乃並易之。後生思翩翩，偕兒往探之，則黃葉滿徑，洞口雲迷，零涕而返。

異史氏曰：“翩翩、花城，殆仙者耶？餐葉衣雲，何其怪也！然幃幄誹謔，狎寢生雛，亦復何殊於人世？山中十五載，雖無‘人民城郭[24]’之異，而雲迷洞口，無迹可尋，睹其景況，真劉、阮返棹[25]時矣。”

注釋

1. 早世：早年去世。
2. 國子左廂：官名，明清國子祭酒的別稱。
3. 匪人：品行不端的人；狹邪遊：指嫖妓。

4. 姊妹行：姊妹們，妓女之間的互稱。

5. 廣創：指梅毒，性病。

6. 趑趄近邑間：在鄰近的縣境內徘徊不前，趑趄指徘徊不前的樣子。

7. 石樑：石橋。

8. 懸鶉：比喻破衣服。

9. 小哥子抱得未：意思是小公子生了沒有。

10. 又一小婢子：意思是又生了個小丫頭。

11. 瓦窰：本指燒製磚瓦的窰，瓦指紡磚。古人習稱生女為"弄瓦"，這裡瓦窰就被用來戲稱多生或只生女孩的婦女。

12. 那弗將來：怎麼沒帶來。

13. 嗚之：哄她睡覺。

14. 焚好香：意思是交了好運。

15. 突突怔忡：心悸不安，形容驚懼。突突形容心跳劇烈。

16. 跳迹入雲霄去：指想入非非。

17. 薄倖：薄情，負心。

18. 蓄旨禦冬：語出《詩經》："我有旨蓄，亦以禦冬。"積蓄食物以準備過冬。

19. 因循：遷延，逗留。

20. 臘：這裡指年歲、壽命。

21. 台閣：指宰相、尚書之類的高官。

22. 綺紈：綺與紈都是華貴的絲織品，代指富貴。

23. 生平：終身，一生前途。

24. 人民城郭：學道成仙的漢代丁令威作歌有"城郭猶是人民非，何不學仙塚累累"句，意指年代久遠的人事變遷。

25. 劉、阮返棹：傳說漢代劉晨、阮肇在天台山採藥遇仙女，居留半年後才回家，回家後重入山中想再尋找仙女時，仙女已杳無蹤迹了。返棹：指回船。

串講

這是一個浪子遭遇仙女的故事。羅子浮父母早逝，由叔叔撫養，十四歲就開始吃喝嫖賭。一次，看上一個金陵娼妓，就隨她一起到金陵住在妓院。半年後，錢全部花光，又染上性病，瘡口淌着膿，被趕出妓院，在集市上乞討。羅生怕死在他鄉，就沿途乞討着往家趕，快到家又沒臉回家，就在臨近的縣邑遊蕩。後來仙女翩翩把他帶到一個深山洞府中。翩翩讓他脫掉又髒又爛的衣服，在山洞前的溪水中洗洗，洗完後讓他睡覺，還用芭蕉葉給他做了一套衣褲。羅生洗浴後，覺得創瘍不再疼了，醒來後發現已結上疤了。天亮後，拿起芭蕉葉做的衣服，穿上後覺得很不錯。幾天後，羅生的傷疤也脫落了，就開始與翩翩同居。一天，來了一個叫“花城”的少婦，翩翩就擺酒招待她。羅生看花城非常漂亮，就暗暗挑戲她，可是一下子覺得身上的袍袴不再暖和了，一看自己穿的，竟然全部變成了枯葉，他嚇壞了。才過了一會兒，羅生在敬酒時又用手指搔花城的手掌，緊張之間，衣服又化成葉子。羅生再也不敢胡思亂想，兩個仙女把他嘲笑了一通。一年後，翩翩生了一個兒子，一晃兒子又十四歲了，就與花城的女兒成了婚，然後翩翩就讓羅生帶着小夫妻倆離開了。後來，羅生思念翩翩，就帶着兒子去找，可是只看到黃葉鋪滿山路，卻再也找不到翩翩住的山洞了。

評析

但明倫認為“此篇亦寓言也”，可以說本篇描寫了一個浪蕩子，因情慾誘惑而沉淪墮落復又洗心革面的“仙路歷程”。羅子浮十四歲“為匪人誘去作狹邪遊”，此可謂念中“生邪”，看到金陵娼而“悅而惑之”則是念中“入惑”。慾念的生邪、入惑導致行為的“沉淪”：他“居娼家半年”，然後產生了“業果”，身上生了膿瘡，進而“墮落”為丐，“自恐死異域”，心生“恐怖”、“苦惱”，“念敗絮膿穢，無顏入里門”表明“愧悔”於心，因而才會“生緣”，仙女來救——這些描寫確有佛、道關於人生寓意的色彩。仙女把他帶到了“光明徹照”的世界，“浴於溪流”、“創當愈”，明寫洗身，實際象徵“洗心”，接着“定念”過程的描寫最為傳神，“陰撚翹鳳”，“生方怳然神奪，頓覺袍袴無溫，自顧所服，悉成秋葉，幾駭絕”，“又以指搔纖掌”，“突突怔忡間，衣已化葉”，葉子裁成的袍袴成為“定念”的法寶：“由是慚顏息慮，不敢妄想。”這段描寫中，羅生的窘急與仙女的從容，也形成了極具幽默感的對比。定念後便得“安處”，於是生子娶媳。從藝術表現上來說，仙女用葉子做成了許多東西，很是奇幻，但留給讀者印象最深的卻是葉子裁成的袍袴，因為這種奇幻的描寫與對人物性格的刻畫緊密聯繫在一起了。篇中兩位仙女的對話，寫得幽默風趣，極富生活氣息。當然本篇也反映了作者對情慾的基本態度——縱慾的“業果”最終不是表現為禁慾或窒慾，對羅子浮的態度並非激烈的批判，而只是善意的嘲諷，“婉而多諷”。

羅刹海市

馬驥，字龍媒，賈人子。美丰姿。少倜儻，喜歌舞，輒從梨園子弟，以錦帕纏頭，美如好女，因復有“俊人”之號。十四歲入郡庠，卽知名。父衰老，罷賈而居，謂生曰：“數卷書，飢不可煮，寒不可衣，吾兒可仍繼父賈。”馬由是稍稍權子母[1]。從人浮海，為颶風引去，數晝夜，至一都會。其人皆奇醜，見馬至，以為妖，群譁而走。馬初見其狀，大懼，迨知國人之駭己也，遂反以此欺國人。遇飲食者，則奔而往；人驚遁，則啜其餘。久之，入山村，其間形貌亦有似人者，然襤縷如丐。馬息樹下，村人不敢前，但遙望之。久之覺馬非噬人者，始稍稍近就之。馬笑與語，其言雖異，亦半可解。馬遂自陳所自，村人喜，徧告鄰里，客非能搏噬者。然奇醜者望望卽去，終不敢前；其來者，口鼻位置，尚皆與中國同，共羅漿酒奉馬，馬問其相駭之故，答

曰：“嘗聞祖父言：西去二萬六千里，有中國，其人民形象率詭異。但耳食[2]之，今始信。”問其何貧，曰：“我國所重，不在文章，而在形貌。其美之極者，為上卿；次任民社[3]；下焉者，亦邀貴人寵，故得鼎烹[4]以養妻子。若我輩初生時，父母皆以為不祥，往往置棄之，其不忍遽棄者，皆為宗嗣耳。”問：“此名何國？”曰：“大羅剎國。都城在北去三十里。”馬請導往一觀。於是雞鳴而興，引與俱去。天明，始達都。都以黑石為牆，色如墨，樓閣近百尺。然少瓦。覆以紅石，拾其殘塊磨甲上，無異丹砂。時值朝退，朝中有冠蓋出，村人指曰：“此相國也。”視之，雙耳皆背生，鼻三孔，睫毛覆目如簾。又數騎出，曰：“此大夫也。”以次各指其官職，率猙鬡怪異。然位漸卑，醜亦漸殺[5]。無何，馬歸，街衢人望見之，譟奔跌蹶，如逢怪物。村人百口解說，市人始敢遙立。旣歸，國中無大小咸知村有異人，於是搢紳大夫，爭欲一廣見聞，遂令村人要馬。然每至一家，閽人輒闔戶，丈夫女子竊竊自門隙中窺語，終一日，無敢延見者。村人曰：“此間一執戟郎[6]，曾為先王出使異國，所閱人多，或不以子為懼。”造郎門。郎果喜，揖為上賓。視其貌，如八九十歲人。目睛突出，鬚卷如蝟。曰：“僕少奉王命，出使最多，獨未嘗至中華。今一百二十餘歲，又得睹上國人物，此不可不上聞於天子。然臣臥林下，十餘年不踐朝階，早旦[7]為君一行。”乃具飲饌，修主客禮。酒數行，出女樂十餘人，更番歌舞。貌類夜叉，皆以白錦纏頭，拖朱衣及地。扮唱不知何詞，腔拍恢詭。主人顧而樂之。問：“中國亦有此樂乎？”曰：“有。”主人請擬其聲，遂擊桌為度一曲[8]。主人喜曰：“異哉！聲如鳳鳴龍嘯，得未曾聞。”翼日，趨朝，薦諸國王。王忻然下詔。有二三大臣，言其怪狀，恐驚聖體。王乃止。卽出告馬，深為扼腕。居久之，與主人飲而醉，把劍起舞，以煤塗面作張飛。主人以為美，曰："請君以張飛見宰相，宰相必樂用之，厚祿不難致。"馬曰："嘻！遊戲猶可，何能易面目圖榮顯？"主人固強之，馬乃諾。主人設筵，邀當路者[9]，令馬繪面以待。未幾，客至，呼馬出見客。客訝曰："異哉！何前媸而今妍也！"遂與共飲，甚懽。馬婆娑歌"弋陽曲"，一座無不傾倒。明日，交章[10]薦馬。王喜，召以旌節[11]。旣見，問中國治安之道，馬委曲上陳，大蒙嘉歎，賜宴離宮[12]。酒酣，王曰："聞卿善雅樂，可使寡人得而聞之乎？"馬卽起舞，亦效白錦纏頭，作靡靡之音。王大悅，卽日拜[13]下大夫。時與私宴，恩寵殊異。久而官僚百執事，頗覺其面目之假；所至，輒見人耳語，不甚與款洽[14]。馬至是孤立，惘然[15]不自安。遂上疏乞休致[16]，不許；又告休沐[17]，乃給三月假。於是乘傳[18]載金寶，復歸山村。村人膝行以迎。馬以金貲分給舊所與交好者，懽聲雷動。

村人曰："吾儕[19]小人受大夫賜，明日赴海市，當求珍玩，用報大夫。"問："海市何地？"曰："海中市，四海鮫人[20]，集貨珠寶；四方十二國，均來貿易。中多神人遊戲。雲霞障天，波濤間作。貴人自重，不敢犯險阻，皆以金帛付我輩，代購異珍。今其期不遠矣。"問所自知，曰："每見海上朱鳥往來，七日卽市。"馬問行期，欲同遊矚，村人勸使自貴。馬曰："我顧滄海客，何畏風濤？"未幾，果有踵門[21]寄貲者，遂與裝貲入船。船容數十人，平底高欄。十人搖櫓，激水如箭。凡三日，遙見水雲幌漾之中，樓閣層疊，貿遷[22]之舟，紛集如蟻。少時抵城下，視牆上磚，皆長與人等，敵樓[23]高接雲漢。維[24]舟而入，見市上所陳，奇珍異寶，光明射目，多人世所無。一少年乘駿馬來，市人盡奔避，云是"東洋三世子"。世子過，目生曰："此非異域人。"卽有前馬者[25]來詰鄉籍。生揖道左，具展邦族。世子喜曰："既蒙辱臨，緣分不淺！"於是授生騎，請與連轡。乃出西城，方至島岸，所騎嘶躍入水。生大駭失聲。則見海水中分，屹如壁立。俄睹宮殿，玳瑁為梁，魴鱗作瓦，四壁晶明，鑑影炫目。下馬揖入。仰見龍君在上，世子啟奏："臣遊市廛，得中華賢士，引見大王。"生前拜舞。龍君乃言："先生文學士，必能衙官屈、宋[26]。欲煩椽筆賦《海市》，幸無吝珠玉[27]。"生稽首受命。授以水晶之硯，龍鬣之毫，紙光似雪，墨氣如蘭。生立成千餘言，獻殿上。龍君擊節曰："先生雄才，有光水國矣！"遂集諸龍族，讌集采霞宮。酒炙數行，龍君執爵向客曰："寡人所憐女，未有良匹，願累[28]先生。先生倘有意乎？"生離席愧荷，唯唯[29]而已。龍君顧左右語。無何，宮人數輩，扶女郎出，珮環聲動，鼓吹暴作，拜竟睨之，實仙人也。女拜已而去。少時，酒罷，雙鬟挑畫燈，導生入副宮，女濃妝坐伺。珊瑚之牀，飾以八寶，帳外流蘇[30]，綴明珠如斗大，衾褥皆香耎。天方曙，則雛女妖鬟，奔入滿側。生起，趨出朝謝。拜為駙馬都尉。以其賦馳傳諸海。諸海龍君，皆專員來賀，爭折簡招駙馬飲。生衣繡裳，駕青虯，呵殿[31]而出。武士數十騎，皆雕弧，荷白棓[32]，晃耀填擁。馬上彈箏，車中奏玉。三日間，偏歷諸海。由是"龍媒"之名，譟於四海。宮中有玉樹一株，圍可合抱，本瑩澈，如白琉璃，中有心，淡黃色，稍細於臂，葉類碧玉，厚一錢許，細碎有濃陰。常與女嘯詠其下。花開滿樹，狀類簷葡[33]。每一瓣落，鏘然作響。拾視之，如赤瑙雕鏤，光明可愛。時有異鳥來鳴，毛金碧色，尾長於身，聲等哀玉，惻人肺腑。生聞之，輒念鄉土。因謂女曰：“亡出三年，恩慈[34]間阻，每一念及，涕膺汗背。卿能從我歸乎？”女曰：“仙塵路隔，不能相依。妾亦不忍以魚水之愛，奪膝下之歡。容徐謀之。”生聞之，泣不自禁。女亦歎曰：“此勢之不能兩全者也！”明日，生自外歸。龍君曰：“聞都尉有故土之思，詰旦趣裝，可乎？”生謝曰：“逆旅孤臣[35]，過蒙優寵，啣報[36]之誠，結於肺肝。容暫歸省，當圖復聚耳。”入暮，女置酒話別。生訂後會，女曰：“情緣盡矣。”生大悲，女曰：“歸養雙親，見君之孝，人生聚散，百年猶旦暮耳，何用作兒女哀泣？此後妾為君貞，君為妾義，兩地同心，即伉儷也，何必旦夕相守，乃謂之偕老乎？若渝此盟，婚姻不吉。倘慮中饋[37]乏人，納婢可耳。更有一事相囑：自奉裳衣，似有佳朕[38]，煩君命名。”生曰：“女耶，可名龍宮；男耶，可名福海。”女乞一物為信，生在羅剎國所得赤玉蓮花一對，出以授女。女曰：“三年後四月八日，君當泛舟南島，還君體胤[39]。”女以魚革為囊，實以珠寶，授生曰：“珍藏之，數世喫著不盡也。”天微明，王設祖帳，饋遺甚豐。生拜別出宮，女乘白羊車，送諸海涘[40]。生上岸下馬，女致聲珍重，回車便去，少頃便遠，海水復合，不可復見。

生乃歸。自浮海去，咸謂其已死；及至家，家人無不詫異。幸翁媼無恙，獨妻已他適。乃悟龍女“守義”之言，蓋已先知也。父欲為生再婚，生不可，納婢焉。謹志三年之期，泛舟島中。見兩兒坐浮水面，拍流嬉笑，不動亦不沉。近引之，兒啞然[41]捉生臂，躍入懷中。其一大啼，似嗔生之不援已者。亦引上之。細審之，一男一女，貌皆婉秀。額上花冠綴玉，則赤蓮在焉。背有錦囊，拆視，得書云："翁姑計各無恙。忽忽三年，紅塵永隔；盈盈一水，青鳥[42]難通，結想為夢，引領成勞。茫茫藍蔚[43]，有恨如何也！顧念奔月姮娥，且虛桂府[44]；投梭織女，猶悵銀河。我何人斯[45]，而能永好？興思及此，輒復破涕為笑。別後兩月，竟得孿生。今已啁啾[46]懷抱，頗解笑言；覓棗抓梨，不母[47]可活。敬以還君。所貽赤玉蓮花，飾冠作信。膝頭抱兒時，猶妾在左右也。聞君克踐[48]舊盟，意願斯慰。妾此生不二[49]，之死靡他[50]。奩中珍物，不蓄蘭膏；鏡裡新妝，久辭粉黛。君似征人，妾作蕩婦，即置而不御，亦何得謂非琴瑟哉？獨計翁姑亦既抱孫，曾未一覿新婦，揆[51]之情理，亦屬缺然。歲後阿姑窀穸，當往臨穴，一盡婦職。過此以往，則'龍宮'無恙，不少把握之期；'福海'長生，或有往還之路。伏惟珍重，不盡欲言。"生反覆省書攬涕。兩兒抱頸曰："歸休乎！"生益慟，撫之曰："兒知家在何許？"兒亟啼，嘔啞言歸。生望海水茫茫，極天無際，霧鬟人渺，煙波路窮。抱兒返棹，悵然遂歸。生知母壽不永，周身物悉為預具，墓中植松檟百餘。逾歲，媼果亡。靈輿至殯宮[52]，有女子縗絰[53]臨穴。眾方驚顧，忽而風激雷轟，繼以急雨，轉瞬間已失所在。松柏新植多枯，至是皆活。福海稍長，輒思其母，忽自投入海，數日始還。龍宮以女子不得往，時掩戶泣。一日，晝暝，龍女急入，止之曰："兒自成家，哭泣何為？"乃賜八尺珊瑚一樹、龍腦香一帖、明珠百顆、八寶嵌金合一雙，為嫁資。生聞之，突入，執手啜泣。俄頃，迅雷破屋，女已無矣。

異史氏曰："花面逢迎，世情如鬼。嗜痂之癖[54]，舉世一轍[55]。'小慚小好，大慚大好[56]'。若公然帶鬚眉以遊都市，其不駭而走者，蓋幾希[57]矣！彼陵陽癡子[58]，將抱連城玉向何處哭也？嗚呼！顯榮富貴，當於蜃樓海市中求之耳！"

注釋

1. 權子母：這裡指將本求利、做買賣。權指秤，子指利潤，母指本錢。
2. 耳食：聽說。
3. 任民社：這裡指做地方官。民指人民，社指社稷。
4. 鼎烹：指飲食。
5. 殺：差，減。
6. 執戟郎：古代負責警衛宮門的郎官（包括中郎、侍郎、郎中）。
7. 早旦：天亮時。
8. 度一曲：唱一支曲子。
9. 當路者：掌權的要人。
10. 交章：紛紛上奏本。
11. 旌節：皇帝賜給臣下的往往代表授予某種特權的儀仗一類的東西。
12. 離宮：皇帝出巡休息的地方。
13. 拜：封官，任命。
14. 款洽：親切，融洽。
15. 惆然：形容心裡不安的樣子。
16. 休致：官員年老請求退休。
17. 休沐：官員工作若干日後而獲得休息沐浴的機會。
18. 乘傳：古代官員出行乘由沿途驛站所供應的馬匹。
19. 吾儕：我們。

20. 鮫人：古代神話傳說中的人，能紡織，據說眼淚能變成珍珠。

21. 踵門：到門上來。

22. 貿遷：來往交易，流動買賣。

23. 敵樓：城牆上守望的城樓。

24. 維：拴繫。

25. 前馬者：古代貴官出門時在前面開路的人。

26. 衙官屈、宋：以屈原、宋玉為衙官，形容非常會做文章。

27. 珠玉：比喻優秀的詩文作品。

28. 累：相累，這裡指嫁與的意思。

29. 唯唯：恭敬、順從的答應聲。

30. 流蘇：用五彩線結成球形，下面垂着鬚子的一種裝飾品。

31. 呵殿：前呼後擁，呵指前面吆喝開道的，殿指後面跟隨的。

32. 棓：棒。

33. 簷蔔：梔子花。

34. 恩慈：指父母。

35. 逆旅孤臣：在外作客的臣民。

36. 啣報：報恩。

37. 中饋：婦女在家料理飲食，泛指主持家務。

38. 佳朕：好兆頭，這裡指懷孕，猶如說有喜。

39. 體胤：骨肉，後代。

40. 海涘：海邊。

41. 啞然：形容小孩初學說話的聲音。

42. 青鳥：神話傳說中通信的使者。

43. 藍蔚：指天。

44. 桂府：指月亮，神話傳說月中有桂樹。

45. 斯：語助詞，無義。

46. 啁啾：本指鳥叫聲，這裡指小孩學說話的聲音。

47. 不母：不需要母親。

48. 克：能夠；踐：履行（諾言）。

49. 不二：沒有二心。

50. 之死靡他：至死不再嫁給別人。

51. 揆：揣度。

52. 靈輿：裝棺材的車子；殯宮：墓穴。

53. 縗絰：子女為父母所服的最重的孝服。縗指披在胸前的麻布，絰指麻帽和麻帶。

54. 嗜痂之癖：怪僻的嗜好，痂指瘡疤。

55. 一轍：相同。

56. "小慚"句：唐人韓愈曾說，對於自己所作的不顧事實地恭維別人的文章，自己覺得小有慚愧的文章，別人認為小好，自己覺得非常慚愧的，別人卻認為大好。

57. 幾希：很少很小的意思。

58. 陵陽癡子：指卞和。

串講

這是一個有關以醜為美和龍宮奇遇的故事。馬驥，風度翩翩，喜歡歌舞，十四歲考中秀才時，就很有名氣，後來父親卻讓他棄文從商。一次，跟隨別人出海，被大風颳走，過了幾天幾夜，到了一座城市。那裡的人都奇醜無比，見馬驥到了，卻以為是妖怪來了，嚇得一哄而散。過了一陣子，馬驥又到了一個山村，那裡的人形貌有不太醜的，但這些不太醜的人都衣着襤褸，像乞丐一樣，這些人慢慢地開始與他接近。原來，這裡是大羅剎國，以醜為美，而且一個人的形貌決定他的命運，最醜的人被認為是最美的人，越醜越能得到富貴。村人把馬驥帶到他們的國都，正逢退朝，村人就向馬驥一一指認着大臣的官位，那個雙耳長在腦袋後面、長着三個鼻孔、睫毛極長的人是相國，如此等等，這些官員都長得非常醜陋怪異，但官位越低，醜的程度反而越小。不久，羅剎國的人都知道有個馬驥這樣的怪人，達官貴人們為了長見識，都爭相邀請他，可是一到他們的大門口，又沒有一個人敢見他。村人就把馬驥引薦給一個曾出使過許多國家的執戟郎官，這人設宴接待了馬驥，席間，讓幾個像夜叉一樣醜的女子出來唱歌跳舞。在主人的請求下，馬驥也唱了一首歌，主人覺得很好聽，於是就把他引薦給國王。國王想見，但有兩三個大臣說馬驥長得太奇形怪狀了，恐怕嚇着國王，於是就沒能見成。一天，馬驥與主人喝醉後，用煤塗面扮作張飛，主人感覺非常好，就宴請許多達官貴人，讓馬驥以張飛扮相見他們，並為他們唱歌跳舞。第二天，這幫達官貴人爭相向國王推薦馬驥，於是國王就把他召進宮，與他交談。國王非常喜歡他的歌舞，於是就封他為下大夫。時間長了，官員就開始暗地裡議論馬驥的假面，馬驥感到不自在，就請長假又回到山村，把許多金銀財寶分給村人。村人向馬驥介紹海市，馬驥就與村人乘船來到海市，發現那裡有許多來往做生意的船，集市上擺着許多世所罕見的奇珍異寶。馬驥在集市上認識了東洋三世子，世子請他來到龍宮，龍王請他作一篇《海市賦》，他用了很短時間就寫出了一篇千餘言的賦，龍王非常高興，就把女兒嫁給了他，並封他為駙馬都尉。龍王把他的文章傳給另外的三海龍王看，他們都派專員來祝賀，並爭相設宴請他。於是，馬驥前呼後擁，三日內，遊遍四海，從此名聲大譟。後來，馬驥開始想家，想讓龍女與自己一起回故鄉，龍女說勢有所不能，他非常傷心。臨別時，龍女說自己不會再改嫁，希望馬驥也不要再另娶，她自己已有身孕，約好三年後把兒女送給他。龍女還送給他許多珠寶。馬驥回到家就沒有再娶。三年後，馬驥來到約好的地方，看見兩個孩子，一男一女，孩子身上揹着個錦囊，裡面是龍女的信，信中傾訴相思之情，並說一年後婆婆去世安葬時，她會去祭拜。一年後，馬驥的母親果然去世，靈車快到安葬地時，看見那裡有一個披麻戴孝的女子，眾人吃驚之際，忽然電閃雷鳴，一陣狂風暴雨後，那女子轉眼之間不見了。

評析

理解本篇的關鍵在於如何認識上半部分“羅剎”與下半部分“海市”兩者之間的關係，今人選本有只取“羅剎”一節者，割裂了完璧，也支離了思想，所謂“鳧脛雖短，續之則憂；鶴脛雖長，斷之則悲”，可謂辜負了作者一片良苦用心。從表達特性上來說，《聊齋》許多優秀作品能把“感懷”與“諷世”高度統一在一起，《羅剎海市》是體現這一表達特點的極具代表性的重要作品，如果說《羅剎》部分相對側重於“諷世”的話，那麼，《海市》部分的加入，則使整篇作品做到了“諷世”與“感懷”的高度交融，本篇的最大特點也就在於不僅是諷世，而且更是感懷，兩部分合在一起纔是一篇完整的小說，才能體現其完整的思想。再從整體結構來看，《聊齋》許多優秀作品往往涉及真幻二重世界，關於本篇的二重世界，但明倫有精彩的分析：

> 水雲晃漾中，樓閣高接霄漢，視黑石牆中樓閣何若？世子目之，謂非異域人，授騎連轡，從與俱歸，視以為妖而譟奔者何若？啟奏引見，視大臣阻詔何若？玉堂給劄，文學進身，硯滌水精，毫揮龍鬣，倚馬萬言，觀者擊節，視黑煤塗面、白錦纏頭時何若？東牀坦腹，得配仙人，雛女妖鬟，奔入滿側，視門隙中女子何若？人爭識面，世盡知名，馬上彈箏，車中奏玉，視百官耳語不與款洽又何若？前則所如不合，耳目皆非，

此者知己相逢，精彩煥發。

這兩個世界：一個是敵對的異己世界，一個是親合的知己世界，反差是非常強烈的。作品主人公馬驥，“十四歲入郡庠，即知名。父衰老，罷賈而居，謂生曰：‘數卷書，飢不可煮，寒不可衣，吾兒可仍繼父賈。’”而蒲松齡的父親學識淵博，後卻因家境窮困而被迫棄儒經商，由其家世而觀，“數卷書，飢不可煮，寒不可衣”該是何等憤激之言。羅剎、海市，兩者雖同是幻設的世界，但在作者意中，羅剎國更接近現實世界，在人的價值被扭曲的這個現實世界中，主人公被排斥為妖、以黑煤塗面、白錦纏頭作踐自己，是何等的屈辱與壓抑。海市則是一個理想世界，主人公因文章而名聲大譟，以文學而進身，是何等地風光，何等地意氣風發——這其實正是作者一生的夢想，但作者在“異史氏曰”中卻感歎“顯榮富貴，當於蜃樓海市中求之耳”，透露出了作者沉痛的精神幻滅感，正是這種沉痛的精神幻滅感，賦予了作品以震撼人心的社會批判力量。《聊齋》許多作品涉及真幻二重世界，也只有從這二重世界的緊張關係來探析，我們才能把握《聊齋》許多作品的深層內涵。

公孫九娘

于七一案[1]，連坐[2]被誅者，棲霞、萊陽兩縣最多。一日俘數百人，盡戮於演武場中，碧血滿地，白骨撐天。上官慈悲，捐給棺木，濟城工肆，材木一空。以故伏刑東鬼，多葬南郊。甲寅間，有萊陽生至稷下[3]，有親友二三人亦在誅數，因市楮帛[4]，酹奠榛墟[5]，就稅舍於下院之僧[6]。明日，入城營幹，日暮未歸。忽一少年，造室來訪。見生不在，脫帽登牀，著履仰臥。僕人問其誰何，合眸不對。既而生歸，則暮色朦朧，不甚可辨。自詣牀下問之，瞠目曰："我候汝主人，絮絮逼問，我豈暴客[7]耶！"生笑曰："主人在此。"少年急起著冠，揖而坐，極道寒暄。聽其音，似曾相識。急呼燈至，則同邑朱生，亦死於于七之難者。大駭卻走。朱曳之云："僕與君文字之交，何寡於情？我雖鬼，故人之念，耿耿不去心。今有所瀆，願無以異物遂猜薄[8]之。"生乃坐，請所命。曰："令女甥寡居無耦，僕欲得主中饋。屢通媒妁，輒以無尊長之命為辭。幸無惜齒牙餘惠[9]。"先是，生有甥女，早失恃[10]，遺生鞠養，十五始歸其家。俘至濟南，聞父被刑，驚慟而絕。生曰："渠自有父，何我之求？"朱曰："其父為猶子[11]啟櫬去，今不在此。"問："女甥向依阿誰？"曰："與鄰媼同居。"生慮生人不能作鬼媒。朱曰："如蒙金諾，還屈玉趾。"遂起握生手。生固辭，問："何之？"曰："第[12]行。"勉從與去。北行里許，有大村落，約數十百家。至一第宅，朱叩扉，即有媼出，豁開兩扉，問朱何為。曰："煩達娘子：阿舅至。"媼旋反，須臾復出，邀生入。顧朱曰："兩椽[13]茅舍子大隘，勞公子門外少坐候。”生從之入。見半畝荒庭，列小室二。甥女迎門啜泣，生亦泣。室中燈火熒然。女貌秀潔如生時，凝眸含涕，徧問妗姑。生曰：“具各無恙，但荊人物故矣[14]。”女又嗚咽曰：“兒少受舅妗撫育，尚無寸報，不圖先葬溝瀆，殊為恨恨。舊年伯伯家大哥遷父去，置兒不一念；數百里外，伶仃如秋燕。舅不以沉魂可棄，又蒙賜金帛，兒已得之矣。”生乃以朱言告，女俯首無語。媪曰：“公子曩託楊姥三五返[15]，老身謂是大好。小娘子不肯自草草，得舅為政[16]，方此意慊[17]得。”言次，一十七八女郎，從一青衣，遽掩入，瞥見生，轉身欲遁。女牽其裾曰：“勿須爾！是阿舅，非他人。”生揖之。女郎亦斂衽。甥曰：“九娘，棲霞公孫氏。阿爹故家子，今亦‘窮波斯[18]’，落落不稱意。旦晚與兒還往。”生睨之，笑彎秋月，羞暈朝霞，實天人也。曰：“可知是大家，蝸廬人那如此娟好！”甥笑曰：“且是女學士，詩詞俱大高。昨兒稍得指教。”九娘微哂曰：“小婢無端敗壞人[19]，教阿舅齒冷也。”甥又笑曰：

“舅斷弦未續[20]，若個[21]小娘子，頗能快意否？”九娘笑奔出，曰：“婢子顛瘋作也！”遂去，言雖近戲，而生殊愛好之，甥似微察，乃曰：“九娘才貌無雙，舅倘不以糞壤[22]致猜，兒當請諸其母。”生大悅，然慮人鬼難匹。女曰：“無傷[23]，彼與舅有夙分。”生乃出。女送之，曰：“五日後，月明人靜，當遣人往相迓[24]。”生至戶外，不見朱。翹首西望，月啣半規[25]，昏黃中猶認舊徑。見南向一第，朱坐門石上，起逆曰：“相待已久，寒舍卽勞垂顧。”遂攜手入，殷殷展謝。出金爵一、晉珠百枚，曰：“他無長物[26]，聊代禽儀[27]。”旣而曰：“家有濁醪，但幽室之物，不足款嘉賓，奈何！”生撝[28]謝而退。朱送至中途，始別。生歸，僧僕集問，生隱之，曰：“言鬼者妄也，適赴友人飲耳。”後五日，果見朱來，整履搖箑[29]，意甚忻適。才至戶庭，望塵卽拜。少間，笑曰：“君嘉禮[30]旣成，慶在今夕，便煩枉步。”生曰：“以無回音，尚未致聘，何遽成禮？”朱曰：“僕已代致之。”生深感荷，從與俱去。直達臥所，則女甥華妝迎笑。生問：“何時于歸[31]？”朱云：“三日矣。”生乃出所贈珠，為甥助妝[32]。女三辭乃受，謂生曰：“兒以舅意，白公孫老夫人，夫人作大歡喜。但言：老耄[33]無他骨肉，不欲九娘遠嫁，期今夜舅往贅諸其家。伊家無男子，便可同郎往也。”朱乃導去。村將盡，一第門開，二人登其堂。俄白：“老夫人至。”有二青衣扶嫗升階。生欲展拜，夫人云：“老朽龍鍾，不能為禮，當卽脫邊幅[34]。”乃指畫[35]青衣，置酒高會[36]。朱乃喚家人，另出餚俎，列置生前；亦別設一壺，為客行觴。筵中進饌，無異人世。然主人自舉，殊不勸進。旣而席罷，朱歸。青衣導生去，入室，則九娘華燭凝待。邂逅[37]含情，極盡歡昵。初，九娘母子，原解赴都，至郡，母不堪困苦死，九娘亦自剄[38]。枕上追述往事，哽咽不成眠。乃口占兩絕云：“昔日羅裳化作塵，空將業果恨前身。十年露冷楓林月，此夜初逢畫閣春。”“白楊風雨遶孤墳，誰想陽台更作雲[39]？忽啟鏤金箱裡看，血腥猶染舊羅裙。”天將明，即促曰：“君宜且去，勿驚廝僕。”自此晝來宵往，嬖惑殊甚。一夕問九娘：“此村何名？”曰：“萊霞里。里中多兩處新鬼，因以為名。”生聞之欷歔[40]。女悲曰：“千里柔魂，蓬遊無底[41]，母子零孤，言之愴惻。幸念一夕恩義，收兒骨歸葬墓側，使百世得所依棲，死且不朽。”生諾之。女曰：“人鬼路殊，君亦不宜久滯。”乃以羅襪贈生，揮淚促別。生淒然出，忉怛若喪，心悵悵不忍歸，因過叩朱氏之門。朱白足[42]出逆，甥亦起，雲鬢鬅鬆[43]，驚來省問。生怊悵移時，始述九娘語。女曰：“妗氏不言，兒亦夙夜圖之。此非人世，久居誠非所宜。”於是相對汍瀾[44]，生亦含涕而別。叩寓歸寢，展轉申旦[45]。欲覓九娘之墓，則忘問誌表[46]。及夜復往，則千墳纍纍，竟迷村路，歎恨而返。展視羅襪，著風寸斷，腐如灰燼，遂治裝東旋。半載不能自釋，復如稷門，冀有所遇。及抵南郊，日勢已晚，息駕[47]庭樹，趨詣叢葬所。但見墳兆萬接[48]，迷目榛荒，鬼火狐鳴，駭人心目。驚悼歸舍。失意遨遊，返轡遂東。行里許，遙見一女郎，獨行丘墓間，神情意致，怪[49]似九娘。揮鞭就視，果九娘。下騎欲語，女竟走，若不相識。再逼近之，色作努[50]，舉袖自障。頓呼“九娘”，則煙然滅矣。

異史氏曰：“香草沉羅[51]，血滿胸臆；東山佩玦[52]，淚漬泥沙。古有孝子忠臣，至死不諒於君父者。公孫九娘豈以負骸骨之託，而怨懟不釋於中耶？脾鬲間物[53]，不能掬以相示，冤乎哉！”

注釋

1. 于七一案：清順治年間，于樂吾發動農民起義，歷時十五年後被鎮壓。
2. 連坐：因受關係人的牽連而獲罪。
3. 稷下：地名，山東臨淄城北。
4. 楮帛：紙錢。
5. 榛墟：叢生草木的地方。
6. 稅舍：租房；下院：分設在外的寺觀。
7. 暴客：指強盜。
8. 猜薄：猜疑，鄙視。
9. 齒牙餘惠：指語言，意思是順便說幾句好話。
10. 失恃：死了母親。
11. 猶子：兄弟的兒子。
12. 第：但，只管。
13. 兩椽：兩間。
14. 荊人：對別人謙稱自己的妻子；物故：死亡。
15. 三五返：來回好幾次。
16. 為政：做主。
17. 慊：滿意。
18. 窮波斯：古人以波斯代指富有的人，窮波斯指以前富有現在貧窮的人。
19. 無端：無緣無故；敗壞：毀損。
20. 斷弦未續：喪妻未再娶。
21. 若個：那個。

22. 糞壤：賤惡，這裡指死人。

23. 無傷：不要緊，沒關係。

24. 迓：迎接。

25. 月啣半規：月亮半圓。

26. 長物：多餘的東西。

27. 禽儀：指婚姻聘禮。

28. 撝：謙抑的意思。

29. 箑：扇。

30. 嘉禮：婚禮。

31. 于歸：語出《詩經》“之子于歸”，指女子出嫁。

32. 助妝：嫁妝。

33. 老耄：八九十歲的年紀稱作耄，泛指年紀大了。

34. 脫邊幅：不拘禮節。

35. 指畫：指揮。

36. 高會：盛大宴會。

37. 邂逅：偶然相遇。

38. 自剄：自刎。

39. 誰想陽台更作雲：陽台指男女歡會的地方，這裡是雙關語，指死後與陽間的人歡會。

40. 欷歔：形容哭泣抽噎的樣子。

41. 蓬遊無底：像蓬草隨風飛轉一樣沒有歸宿。

42. 白足：光腳。

43. 鬅鬆：頭髮散亂的樣子。

44. 汍瀾：形容眼淚不斷流出的樣子。

45. 申旦：從夜晚到天亮。

46. 誌表：指墓前的標誌物。

47. 息駕：停下車馬。

48. 墳兆萬接：形容墳墓很多。

49. 怪：很。

50. 色作努：“努”字鑄雪齋本作“怒”，疑是發怒的意思。

51. 香草沉羅：典故，指屈原自沉汨羅江。

52. 東山佩玦：典出《左傳》。春秋時，晉獻公命太子申討伐東山皐山落氏，臨行時給他金玦佩帶。金玦是鑲金的玉玦，像環而有缺，古來用玦象徵決絕，給他玦，就是表示不要他回來。

53. 脾鬲間物：指心。

串講

這是一個人鬼相戀、因偶然原因而造成無盡悔恨的故事。于七一案，被株連而死的人很多，萊陽生也有兩三個親友被殺，他就買紙錢在荒野祭奠，並在寺廟租了房間。第二天傍晚，萊陽生到住處，發現同鄉朱生躺在牀上，朱生也是受株連死於于七之難的人。原來，朱生想娶萊陽生的外甥女，請他幫忙。他的外甥女早年喪母，他把她撫養到十五歲才送回家，後來她聽說父親被殺，悲痛而死，他燒紙錢祭奠的人中就包括她。朱生帶萊陽生到了一個大村落，來到一處宅第，敲門後由一個老婦帶他進去。進門見到他的外甥女，兩人相對而哭。相互打聽了一些情況，外甥女感謝他燒的紙錢，萊陽生告訴她自己的妻子也已死，並把朱生想娶她的意思告訴她。正說着，進來一個十七八歲的女郎，看見萊陽生，轉身欲走。外甥女馬上留住她，介紹女郎叫公孫九娘，擅長詩詞，經常與她來往，然後半開玩笑地問，舅舅願不願娶九娘。九娘笑着跑出去了，而萊陽生確實很喜歡她，外甥女就要向九娘的母親求婚。萊陽生出門後又找到朱生，朱生給他訂婚聘禮後，他就回去了。五日後，朱生就來接他去與九娘成婚，而他外甥女與朱生三日後結婚。九娘的母親要求萊陽生入贅到她家，他就答應了。原來，九娘母子也死於于七一案，她們住的這個村落叫萊霞里，住的全是棲霞、萊陽兩縣的新鬼。從此，萊陽生天黑後來這裡，天亮前就離開。九娘知道人鬼不能長時間同居，分手時請求萊陽生把她的屍骨遷葬，他一口答應了，她還把羅襪贈送給他。萊陽生又向朱生和外甥女道別，回到住處後，翻來覆去一夜沒睡着，第二天想去找九娘之墓，卻突然想起沒有問九娘墓所在地方的標記。到了夜裡再去萊霞里，卻只發現到處是墳墓，竟然再也找不到去村落的路了，他悔恨不已，拿出九娘所贈羅襪來看，羅襪卻一下子化成了灰燼。萊陽生過了半年也放不下心來，又到那些墳墓間徘徊，非常希望能再與九娘相遇，可是什麼也沒有找到，只好準備回去。走了一段路，遠遠看見一個女郎，看上去很像九娘，快速走近一看，果然是九娘，正準備與她說話，她卻掉頭就走，再走近一些，看見她臉上有怒氣，他立即喊“九娘”，那女子卻像一縷輕煙一樣消失了。

評析

解讀本篇的關鍵在結局。造成本篇悲劇的似乎是個很偶然的原因，九娘囑託萊陽生將她的骨殖遷葬，而萊陽生“忘問誌表”，於是一切再也無法挽回，再也無法改變。關於造成悲劇的原因，清代評點家就開始聚訟紛紜，梓園評曰：“誌表乃第一要緊事，當先問之。此九娘所以恨也，烏得言冤？”何守奇評曰：“不以葬處相示，彼此都疏，乃獨歸究於萊陽，此異史氏所以有冤哉之歎也。”但明倫評曰：“忘問誌表，生固多疏；而夜往路迷，不可謂非鬼之無靈也。況稷門再至，冀有所遇，此情實可以告卿。既獨行於丘墓間，何難再示以埋香之所？乃色作怒而舉袖自障，女學士毋乃不恕乎！”三家看法不一。今人從社會批判的角度，以為這種結局乃是作者故意安排的，以讓讀者不要輕易忘記于七一案中公孫九娘等所代表的那些不幸的人們的幽恨，因為清代大行文字獄，為躲避文網羅織，作者無法直接對于七一案作出評論乃至控訴，所以採用了極隱晦的表達方式。這種分析是有一定道理的，因為作品本身確能使讀者產生這種合理的聯想，但這種分析還不夠細緻、深入。

分析應緊密結合作品展開，另一篇作品《聶小倩》有相同情節，聶小倩託寧生把自己改葬，寧生當時就問她葬在何處，以此來看，萊陽生確有所疏忽，但是何守奇、但明倫的分析也是不無道理的：如此重要的事，九娘自己為什麼不直接告訴萊陽生？同樣的問題是造成萊陽生疏忽的原因究竟是什麼？梓園評說萊陽生不冤，但作者明明說冤，可見其理解有問題；但明倫說九娘"不恕"，似乎與作品也並不吻合。我們首先看"異史氏曰"，"公孫九娘豈以負骸骨之託，而怨懟不釋於中耶？"這是一個反問句，作者的意思是指：九娘無法釋懷的其實不是或者至少不僅僅只是"負骸骨之託"。其中用了兩個典故，一個是屈原不被君理解。這裡"屈原"所喻指的似乎不是萊陽生，而是同為死人的九娘，就是說：後面的"冤"不僅指萊陽生，也指九娘！為什麼？"東山佩玦"的典故與篇中的描寫更有對應之處，難道九娘贈萊陽生的"羅襪"就像"玦"一樣是為了與他決絕？不管如何，篇中作為聯繫兩人的信物的羅襪化作灰，所表示的確實是兩人關係的決絕。我們再看兩人的結合過程，當萊陽生的外甥女半開玩笑要舅舅娶九娘時，九娘"笑而奔出"，表明她也是有意的。接着是在萊陽生不知道的情況下由朱生代為下了結婚聘禮，然後又入贅到她家。這一切至少表明萊陽生娶她似乎並不那麼堅決、主動，新婚之夜九娘所作兩首絕句值得注意：第一首"昔日羅裳化作塵，空將業果恨前身。十年露冷楓林月，此夜初逢畫閣春"，寫的是由悲而喜；而第二首"白楊風雨遶孤墳，誰想陽台更作雲？忽啟鏤金箱裡看，血腥猶染舊羅裙"，寫的則是由喜而悲，似乎暗示、預示了悲劇性的結局。再看九娘的家庭背景，萊陽生外甥女自我介紹說："舊年伯伯家大哥遷父去，置兒不一念；數百里外，伶仃如秋燕。"但她畢竟還有舅舅給燒紙錢並最終有了歸宿。篇中有兩處介紹了九娘的身世，"九娘，棲霞公孫氏。阿爹故家子，今亦'窮波斯'，落落不稱意"，"初，九娘母子，原解赴都，至郡，母不堪困苦死，九娘亦自剄"，這兩處都沒有講九娘的父親到底是死是活，但是不管如何，"置兒不一念；數百里外，伶仃如秋燕"更像是描寫九娘的處境，孤女寡母處在無依無靠的被拋棄狀態中。再看萊陽生，初見朱生"大駭卻走"，朱生說："僕與君文字之交，何寡於情? 我雖鬼，故人之念，耿耿不去心。今有所瀆，願無以異物遂猜薄之。" 接下去有這樣的描寫"生慮生人不能作鬼媒"、"生固辭"、"勉從與去"，他是非常不情願地跟朱生走的，僅僅是因為怕鬼? 從鬼世界回來後，"僧僕集問，生隱之，曰：'言鬼者妄也，適赴友人飲耳。'" 天將明，九娘催促他走時說："君宜且去，勿驚廝僕。" 從《聊齋》諸多作品來看，人鬼交往，有時要瞞着別人，有時則不瞞着別人，主要是根據藝術表現的需要而定。小說快臨近結束的時候，又通過九娘之口介紹了這個住着鬼的村子："萊霞里。里中多兩處新鬼，因以為名。" 這裡住着的不是一般的鬼，而是被判定為"匪"而遭屠殺的鬼，可見，萊霞里不僅僅是"鬼"世界，同時也是所謂"匪"世界，萊陽生"固辭"、"勉從與去"的原因，也許不是怕與鬼打交道，而是怕與匪打交道——在"連坐"的血淋淋的恐怖中，即使至親好友的躲避也是可以理解的。也許正是這種可以理解的顧慮，使萊陽生沒有把"一夕恩義"堅決、主動地轉變成百年好合（像《聶小倩》篇所描寫的那樣），這種顧慮使他想不起來"問誌表"（如果毫無顧慮，心中清晰地想着、計劃着與九娘做長久夫妻，似乎是不可能發生這種情況的）。“千里柔魂，蓬遊無底，母子零孤，言之愴惻。幸念一夕恩義，收兒骨歸葬墓側，使百世得所依棲，死且不朽”，作為沒落世家的大家閨秀，當九娘說出這些話時，或許並不是沒有想到“誌表”的重要性，但她似乎在等待着萊陽生“主動”來問，這恰可以體現她矜持、作為被拋棄而無依無靠者特有的敏感等複雜心理。“生諾之”，但卻沒有問他該問的話，最後她說：“人鬼路殊，君亦不宜久滯。”或許是在說：你我人（良民）匪路殊，你不願與我保持長久的關係也是“宜”的，至少是可以理解的。這其中抱怨與理解是交織在一起的。朱生所謂的“何寡於情”、“以異物遂猜薄之”也許才是九娘之“恨”之所在。九娘之“冤”在於：你我如此恩愛，為什麼連可以使我們長久在一起的一個重要環節，你卻想不起來？經歷了“忘問誌表”這一事情後，可以說萊陽生才真正意識到自己是多麼愛九娘，其本來不太嚴重的顧慮可以說煙消雲散了，這時候他是如何堅決、主動地去尋找九娘（可以與前面他的態度作比較）啊！他真正的“冤”在於：一時並不嚴重的顧慮、遲疑，為什麼得不到你的諒解呢？“忘問誌表”是個偶然事件，其背後當是戀人間較深的誤解，較深誤解所造成的悲劇，較之偶然事件所造成的悲劇更能打動人。古今中外的戀愛故事經常涉及到誤解，有些誤解可以化解，化解後就是一齣愛情喜劇；有些誤解則是無法化解的，結果是造化弄人、此恨綿綿無絕期的愛情悲劇。也許沒有誤解還顯示不出愛情之美呢。以上分析未必盡合理，這篇小說的魅力也許恰在於給了讀者一個爭論不休的結局，而篇中的具體描寫所提供的理解的線索又忽明忽暗、似是而非、撲朔迷離，從而給讀者留下極大的想像空間。總之，這既是一篇隱晦的社會悲劇，又是一篇深沉的愛情悲劇。

綠衣女

于生，名璟，字小宋，益都人。讀書醴泉寺。夜方披誦[1]，忽一女子在窗外讚曰：“于相公勤讀哉！”因念深山何處得女子？方疑思間，女已推扉笑入曰：“勤讀哉！”于驚起視之，綠衣長裙，婉妙無比。于知非人，因詰里居。女曰：“君視妾當非能咋噬[2]者，何勞窮問？”于心好之，遂與寢處。羅襦既解，腰細殆不盈掬。更籌方盡[3]，翩然遂出。由此無夕不至。一夕共酌，談吐間妙解音律。于曰：“卿聲嬌細，倘度一曲，必能消魂。”女笑曰：“不敢度曲，恐消君魂耳。”于固請之。曰：“妾非吝惜，恐他人所聞。君必欲之，請便獻醜，但只微聲示意可耳。”遂以蓮鈎輕點足牀，歌云：“樹上烏臼鳥[4]，賺奴中夜散。不怨繡鞋溼，只恐郎無伴。”聲細如蠅，裁可辨認。而靜聽之，宛轉滑烈，動耳搖心。歌已，啟門窺曰：“防窗外有人。”遶屋周視，乃入。生曰：“卿何疑

懼之深？笑曰："諺云：'偷生鬼子常畏人。'妾之謂矣。"既而就寢，惕然[5]不喜，曰："生平之分[6]，殆止此乎？"于急問之，女曰："妾心動，妾祿盡[7]矣。"于慰之曰："心動眼瞤[8]，蓋是常也，何遽此云？"女稍懌，復相綢繆。更漏既歇，披衣下榻。方將啟關，徘徊復返，曰："不知何故，惿惭[9]心怯。乞送我出門。"于果起，送諸門外。女曰："君竚望我，我踰垣去，君方歸。"于曰："諾。"視女轉過房廊，寂不復見。方欲歸寢，聞女號救甚急。于奔往，四顧無迹，聲在簷間。舉首細視，則一蛛大如彈，摶捉一物，哀鳴聲嘶。于破網挑下，去其縛纏，則一綠蜂，奄然將斃矣。捉歸室中，置案頭，停蘇移時，始能行步。徐登硯池，自以身投墨汁，出伏几上，走作"謝"字。頻展雙翼，已乃穿窗而去。自此遂絕。

注釋

1. 披誦：翻書朗讀，披是翻開的意思。
2. 咋噬：吃人。
3. 更籌方盡：夜盡天明，更籌指夜間計時報更的竹牌。
4. 烏臼鳥：形似烏鴉而小，天明時啼叫。
5. 惕然：提心吊膽的樣子。
6. 分：情分，緣分。
7. 祿盡：福分完了，指快死了。
8. 眼瞤：眼跳。
9. 惿惭：心裡害怕的樣子。

串講

一天夜裡，于生正在醴泉寺裡讀書，突然進來一個綠衣長裙的美麗女子，于生知道她不是人類，但卻非常喜歡她，就與她同居，於是，這女子就每晚必來。從交談中知道，這女子精通音樂，于生就請她唱一首歌，女子為了不讓別人聽到，就壓低了聲音，聲音雖低，但是非常動聽。唱完，她為防窗外有人偷聽，就遶屋巡視了一圈。女子說自己預感有生命危險，于生便安慰她。天快亮準備離開的時候，女子心裡非常害怕，于生就送她出門，送完後進屋才準備睡覺，就聽見呼救聲。于生急忙出去看，可是周圍根本沒有人，再一聽，聲音是從屋簷間發出的，抬頭仔細一看，就看見一隻大蜘蛛正在捉一隻綠蜂，于生就挑破蜘蛛網，救下這隻奄奄一息的綠蜂。于生把綠蜂帶進屋，放在桌子上，慢慢地，這隻綠蜂開始能移動了，就自己投進墨汁中，然後在桌子上走成了一個“謝”字。

評析

本篇最像一首詠物寫人而能傳神寫照、神韻超然的優雅、純美的小詩。《聊齋》成功地塑造了許多人與物（鬼狐仙妖等相對人來說皆為“異物”）幻化合一的藝術形象，其成功處在於能使人性與物性高度交融而渾然一體，而從精妙傳神來看，本篇堪稱第一。但明倫分析云：“綠衣長裙，婉妙無比，寫蜂形入微；聲細如絲，宛轉滑烈，寫蜂音入微；至遶屋周視，自謂鬼子偷生，則蜂之致畢露矣。”“寫色寫聲，寫形寫神，俱從蜂曲曲繪出。結處一筆點明，復以投墨作字，作不盡之語。短篇中具賦物之妙。”無論是詩歌還是繪畫，中國古典美學強調，寫“態（神韻、情致、意態等）”要重於寫“形”。本篇寫“形”之句有“綠衣長裙”、“腰細殆不盈掬”，寫“態”之句是“翩然遂出”、“遶屋周視”、“轉過房廊”、“翩然”、“遶”、“視”、“轉”等字眼，描摹的是蜜蜂輕盈飛舞、飛行時又經常遶圈的意態，“啟門窺曰：‘防窗外有人’”，

“偷生鬼子常畏人”等則形象地勾畫出了蜜蜂怯生生的情態。而寫“聲”則可謂“形”與“態”、“實”與“虛”兼具。外形、行動方式等的細緻而巧妙的刻畫，幻化出了一個人蜂合一的美麗形象，細節傳神處需讀者細細品味之。篇末投墨走為“謝”字，構思奇絕，令人歎賞。以上細節描寫加上篇中所描寫的音樂、詩句，一起營造出了一個詩情畫意、舞態樂韻高度交融的情韻幽然的意境，“自此遂絕”，其實卻是餘音嫋嫋、繞樑三日而不絕！

竇氏

南三復，晉陽世家也。有別墅，去所居十里餘，每馳騎日一詣之。適遇雨，途中有小村，見一農人家，門內寬敞，因投止焉。近村人故皆威重南。少頃，主人出邀，跼蹐[1]甚恭，入其舍斗如。客既坐，主人始操篲，殷勤氾掃[2]；既而潑[3]蜜為茶。命之坐，始敢坐。問其姓名，自言："廷章，姓竇。"未幾，進酒烹雛，給奉周至。有笄女行炙[4]，時止戶外，稍稍露其半體，年十五六，端妙無比，南心動。雨歇既歸，繫念綦切。越日，具粟帛往酬，借此階進。是後常一過竇，時攜餚酒，相與留連。女漸稔，不甚避忌，輒奔走其前。睨之，則低鬟微笑。南益惑焉，無三日不往者。一日，值竇不在，坐良久，女出應客。南捉臂狎之，女慚急，峻拒曰："奴雖貧，要嫁，何貴倨淩人也！"時南失偶，便揖之曰："倘獲憐眷，定不他娶。"女要誓；南指矢天日，以堅永約，女乃允之。自此為始，瞰[5]竇他出，即過繾綣[6]。女促之曰："桑中之約，不可長也。日在帡幪之下[7]，倘肯賜以姻好，父母必以為榮，當無不諧。宜速為計！"南諾之。轉念農家豈堪匹耦，姑假其詞以因循之[8]。會媒來議姻於大家，初尚躊躇，既聞貌美財豐，志遂決。女以體孕，催併益急，南遂絕迹不往。無何，女臨蓐，產一男。父怒搒[9]女，女以情告，且言："南要[10]我矣。"竇乃釋女，使人問南，南立卻不承。竇乃棄兒，益扑女。女暗哀鄰婦，告南以苦，南亦置之。女夜亡，視棄兒猶活，遂抱以奔南。款關而告閽者[11]曰："但得主人一言，我可不死。彼即不念我，寧不念兒耶？"閽人具以達南，南戒勿內[12]。女倚戶悲啼，五更始不復聞。質明[13]視之，女抱兒坐僵矣。竇忿，訟之上官。悉以南不義，欲罪南。南懼，以千金行賂得免。大家夢女披髮抱子而告曰：“必勿許負心郎；若許，我必殺之！”大家貪南富，卒許之。既親迎，奩妝豐盛，新人亦娟好，然善悲，終日未嘗睹歡容，枕席之間，時復有涕洟。問之，亦不言。過數日，婦翁來，入門便淚，南未遑問故，相將入室。見女而駭曰：“適於後園，見吾女縊死桃樹上，今房中誰也？”女聞言，色暴變，仆然而死。視之，則竇女。急至後園，新婦果自經死。駭極，往報竇。竇發女塚，棺啟屍亡。前忿未蠲[14]，倍益慘怒，復訟於官。官以其情幻，擬罪未決。南又厚餌竇，哀令休結；官亦受其賕囑，乃罷。而南家自此稍替[15]。又以異迹傳播，數年無敢字者。南不得已，遠於百里外聘曹進士女。未及成禮，會民間訛傳，朝廷將選良家女充掖庭[16]，以故有女者，悉送歸夫家。一日，有嫗導一輿至，自稱曹家送女者。扶女入室，謂南曰：“選嬪之事已急，倉卒不能如禮，且送小娘子來。”問：“何無客？”曰：“薄有奩妝，相從在

後耳。”媼草草徑去。南視女亦風致，遂與諧笑。女俛頸引帶，神情酷類竇女。心中作惡，第未敢言。女登榻，引被幛首而眠，亦謂是新人常態，弗為意。日斂昏[17]，曹人不至，始疑。捋被問女，而女亦奄然冰絕。驚怪莫知其故，馳伻[18]告曹，曹竟無送女之事，相傳為異。時有姚孝廉女新葬，隔宿為盜所發，破棺失屍。聞其異，詣南所徵之，果其女。啟衾一視，四體裸然。姚怒，質狀於官，官因南屢無行，惡之，坐發塚見屍，論死[19]。

異史氏曰：“始亂之而終成之，非德也，況誓於初而絕於後乎？撻於室，聽之；哭於門，仍聽之：抑何其忍！而所以報之者，亦比李十郎[20]慘矣！”

注釋

1. 跼蹐：形容行動小心戒懼的樣子。跼指曲身彎腰，蹐指小步行走。
2. 氾掃：打掃。
3. 潑：調弄，調和。
4. 笄女：指已成年的女子。笄指束髮用的簪子，古禮女子束髮插笄表示已成年。行炙：上菜。
5. 瞰：看。
6. 繾綣：形容情意纏綿難分，這裡指男女歡愛。
7. 在帡幪之下：在帳篷等的覆蓋之下，這裡比喻被庇護的意思。
8. 姑假其詞以因循之：暫且用一些話來敷衍、拖延着。
9. 搒：鞭打。
10. 要：這裡指訂盟、發誓。
11. 款關：敲門；閽者：看門人。
12. 內：同“納”。

13. 質明：天亮的時候。

14. 蠲：消除。

15. 替：衰落。

16. 充掖庭：弄到皇宮當妃子宮女。

17. 歛昏：黃昏的時候

18. 伻：使者。

19. 論死：判處死刑。

20. 李十郎：指唐傳奇《霍小玉傳》中的李益。故事講的是名妓霍小玉被李益拋棄痛哭而死，死後化作惡鬼報復，使李益休妻殺妾。

串講

這是一個男子始亂終棄而遭鬼魂報復的淒慘故事。南三復在晉陽一帶世代富貴，在他住的十餘里開外的地方有一處別墅，他每天騎馬去別墅一次。一天，途中正碰上下雨，他就到小村的一個農家避雨。村周圍的人都知道南三復是個大人物，這家姓竇人家的主人非常殷勤、恭敬地招待了他。他看上了竇家的女兒，雨停回到家後，非常想念，過了一天，就帶着糧食和錢去酬謝，藉此接近竇女。此後，他就經常帶着酒食到竇家，時間一長，漸漸熟悉了，竇女也就不太避忌，走到他面前，而從此他也就來得更頻繁了。一天，正好竇父不在家，南三復來了，坐下等了好長時間竇父還沒有回來，竇女只好出來招待客人。南三復握住她的臂膀想與她親熱，她開始嚴詞拒絕，南三復指天發誓要娶她，她才答應。這以後，一看竇父不在家，南三復就來與竇女親熱，竇女催促他娶她，他開始答應，可是後來轉念一想，自己不能娶一個農家女，於是就說謊話敷衍她，拖延時間。這時候，正好有人來作媒，問他願不願意娶一個大家閨秀，他開始還有些猶豫，可是一聽說那女子貌美而且家裡又很有錢，就同意了。竇女因為已經懷孕，就不斷催促娶她，南三復乾脆就再也不去竇家了。不久，竇女生了個男孩，竇父惱怒地要打她，她說南三復要娶她，可是派人問南三復，南三復卻一口否認。竇女暗地裡哀求鄰居把自己的痛苦通告南三復，可是南三復還是置之不理。竇女夜裡逃出家，抱着孩子投奔南家，南三復知道她帶着孩子來了，可是還是不讓她進門。竇女倚着門徹夜悲哭，五更天才再也聽不到哭聲，天亮後發現，她抱着孩子坐着，身體早已僵硬了。竇父上告官府，南三復卻因為賄賂當官的而沒有被追究。後來，南三復娶了那個大家閨秀，她的嫁妝很多，人也長得漂亮，可是臉上卻整天不見高興的表情，還經常哭。過了幾天，發現她已在後園上吊而死，南三復才知道屋裡的新娘原來是竇女變的。再後來，南三復又娶了一個女子，卻是竇女附在姚孝廉才死的女兒身上變的，姚孝廉發現自己女兒的屍體竟然赤裸裸地躺在南三復家，就告發了他，當官的覺得南三復作惡太多，就處死了他。

評析

始亂終棄與鬼魂報復是傳奇志怪小說中的常見題材，比如作者提到的《霍小玉傳》寫的就是同類題材。篇末異史氏曰："始亂之而終成之，非德也，況誓於初而絕於後乎？撻於室，聽之；哭於門，仍聽之：抑何其忍！而所以報之者，亦比李十郎慘矣！"好色輕薄似乎本是文人通病，《聊齋》寫文人好色的篇章很多，總的來說作者對此是比較開明和寬容的，比如《翩翩》篇對男主人公的輕薄只採取了幽默的諷刺，此篇對南三復的態度則是激烈的批判，這其中的尺度是"德"，而此"德"又非道學家之所謂"德"（對此作者恰恰是批判的），而可以說是一種較為寬容的道德底線：輕薄好色或許是不可避免的人性弱點，但其底線是不能因此害人。由此可見作者的仁者情懷。理解本篇主題的關鍵在於：報復是否過分了？作者通過細節描寫揭示“報”之“慘”與“待”之“忍”是對等的。報復確實非常慘烈，某大家女才進南三復家門就上吊而死，篇中寫竇女託夢給大家不要把女兒許配給南，而“大家貪南富”，這是為了說明竇女報復的合理性，並非隨意殃及無辜。第二次報復就沒有施及活人，而只是用了女屍。南三復既破了錢財，又壞了名聲，最後還丟了性命，報復不可謂不慘。但是，回過頭來看，竇女當初拒絕南時，南指天發誓，其不重諾已是“非德”；情急之時，竇女一而再、再而三地哀求，南置之不理，最後竇女懷抱南的親生骨肉來求救，他依然不理會，“女倚戶悲啼，五更始不復聞。質明視之，女抱兒坐僵矣”——讀到這裡，就不會覺得南三復得到的報復過分了。從《聊齋》真幻二重世界來看，可以說男待女之“忍”是現實的，而女化鬼報復男之“慘”，固然令人快意，然而卻是虛幻的，由此更可見男子始亂終棄之為害之烈。

僧術

黃生，故家子，才情頗贍，夙志高騫[1]。村外蘭若，有居僧某，素與分深，既而僧雲遊，去十餘年復歸。見黃，歎曰：“謂君騰達已久，今尚白紵[2]耶？想福命固薄耳。請為君賄冥中主者。能置十千否？”答言：“不能。”僧曰：“請勉辦其半，餘當代假之。三日為約。”黃諾之。竭力典質如數。三日，僧果以五千來付黃。黃家舊有汲水井，深不竭，云通河海。僧命束置井邊，戒曰：“約我到寺，即推墮井中。候半炊時，有一錢泛起，當拜之。”乃去。黃不解何術，轉念效否未定，而十千可惜。乃匿其九，而以一千投之。少間巨泡突起，鏗然而破，即有一錢浮出，大如車輪。黃大駭，既拜，又取四千投焉。落下擊觸有聲，為大錢所隔不得沉。日暮僧至，譙讓[3]之曰：“胡不盡投？”黃云：“已盡投矣。”僧曰：“冥中使者止將一千去，何乃妄言？”黃實告之，僧歎曰：“鄙吝者必非大器。此子之命合以明經終[4]，不然甲科[5]立致矣。”黃大悔，求再

襭之，僧固辭而去。黃視井中錢猶浮，以綆釣上，大錢乃沉。是歲，黃以副榜准貢[6]，卒如僧言。

異史氏曰："豈冥中亦開捐納之科[7]耶？十千而得一第，直亦廉矣。然一千准貢，猶昂貴耳。明經不第，何值一錢！"

注釋

1. 夙志高騫：一向志在飛黃騰達。
2. 尚白紵：還穿着白衣，即還是平民。
3. 譙讓：責備。
4. 合以明經終：該當以貢生終老。明經是明清時對貢生的敬稱。
5. 甲科，指進士。
6. 副榜准貢：副榜指鄉試副榜，被錄取的准作貢生。
7. 捐納之科：捐納指捐資買官，這裡指在科舉考試中以捐納取得功名。

串講

這是個描寫吝嗇鬼的幽默小故事。黃生很有才能，也有飛黃騰達的志向，可是始終還是一介平民。有一個與他交情很好的和尚，想替他賄賂陰間掌管命運的官，改變一下他的壞運氣。和尚幫他借了五千塊錢，湊夠了一萬。黃生家有一口舊水井，深不見底，據說與大海相通。他們把錢捆在一起放在井邊，和尚讓黃生在估計他回到寺廟後，把錢推下井。和尚離開後，黃生覺得這樣做還不知能不能應驗，就藏起九千，只向井裡投了一千。過了一會兒，井裡泛起大水泡，果然像和尚說的那樣，浮出了一塊大錢，黃生意識到和尚說的很靈驗，就急忙又取了四千往井裡投，卻被大錢擋着沉不到水裡了。傍晚，和尚來了，責怪他怎麼不把錢全投到井裡，陰間管事的只拿到一千，他本來可以中進士，現在看來，吝嗇決定了他無法改變的命運，他命該只能作一輩子貢生。黃生後悔莫及，看到井中的錢還浮在水面，就把投在大錢上的錢鈎上來，大錢這才沉了下去。

評析

本篇妙在傳神寫照，為吝嗇鬼畫出了一幅活畫像，可以說最典型地體現了文學創作“可然律”的作用：情節荒誕不經，但對人性弱點的揭示卻讓人覺得可信而可感。“少間巨泡突起，鏗然而破，即有一錢浮出，大如車輪。黃大駭，既拜，又取四千投焉”，開始“效否未定”而捨不得多投錢似還可以理解，既然發現和尚所說果然應驗了，竟然還不把錢全投下去而只“又取四千”，此一細節對吝嗇鬼的刻畫可謂窮形盡相矣。這些對吝嗇鬼的形象、幽默而傳神的描寫，堪比《儒林外史》中對吝嗇的嚴監生臨死因點了兩根燈草而遲遲不肯斷氣的精彩描寫。

宦娘

溫如春，秦之世家也。少癖嗜琴，雖逆旅未嘗暫舍。客晉，經由古寺，繫馬門外，暫憩止。入則有布衲道人，趺坐[1]廊間，筇杖倚壁，花布囊琴。溫觸所好，因問：“亦善此也？”道人云：“顧不能工，願就善者學之耳。”遂脫囊授溫，視之，紋理佳妙，略一勾撥，清越異常。喜為撫一短曲，道人微笑，似未許可。溫乃竭盡所長，道人哂曰：“亦佳，亦佳！但未足為貧道師也。”溫以其言誇，轉請之。道人接置膝上，裁撥動，覺和風自來；又頃之，百鳥群集，庭樹為滿。溫驚極，拜請受業。道人三復之，溫側耳傾心，稍稍會其節奏。道人試使彈，點正疎節[2]，曰：“此塵間已無對矣。”溫由是精心刻畫，遂稱絕技。後歸程，離家數十里，日已暮，暴雨莫可投止。路旁有小村，趨之。不遑審擇，見一門，匆匆遽入。登其堂，闃無人；俄一女郎出，年十七八，貌類神仙。舉首見客，驚而走入。溫時未耦，繫情殊深。俄一老嫗出問客，溫道姓名，兼求寄宿。嫗言：“宿當不妨，但少牀榻；不嫌屈體，便可藉藁。”少旋以燭來，展草鋪地，意良殷。問其姓氏，答云：“趙姓。”又問：“女郎何人？”曰：“此宦娘，老身之猶子也。”溫曰：“不揣寒陋，欲求援繫[3]，如何？”嫗顰蹙曰：“此即不敢應命。”溫詰其故，但云難言，悵然遂罷。嫗既去，溫視藉草腐溼，不堪臥處，因危坐鼓琴，以消永夜。雨既歇，冒夜遂歸。邑有林下部郎葛公，喜文士，溫偶詣之，受命彈琴。簾內隱約有眷客窺聽，忽風動簾開，見一及笄人，麗絕一世。蓋公有一女，小字良工，善詞賦，有豔名。溫心動，歸與母言，媒通之，而葛以溫勢式微[4]，不許。然女自聞琴以後，心竊傾慕，每冀再聆雅奏；而溫以姻事不諧，志乖意沮，絕迹於葛氏之門矣。一日，女於園中拾得舊箋一折，上書惜餘春詞云："因恨成癡，轉思作想，日日為情顛倒。海棠帶醉，楊柳傷春，同是一般懷抱。甚得新愁舊愁，剗盡還生，便如青草。自別離，只在奈何天裡，度將昏曉。今日箇蹙損春山，望穿秋水，道棄已拚棄了！芳衾妒夢，玉漏驚魂，要睡何能睡好？漫說長宵似年，儂視一年，比更猶少：過三更已是三年，更有何人不老！"女吟咏數四，心悅好之。懷歸，出錦箋，莊書一通[5]，置案間，踰時索之，不可得，竊意為風飄去。適葛經閨門過，拾之；謂良工作，惡其詞蕩，火之而未忍言，欲急醮[6]之。臨邑劉方伯之公子，適來問名[7]，心善之，而猶欲一睹其人。公子盛服而至，儀容秀美。葛大悅，款延優渥。既而告別，坐下遺女舄[8]一鉤。心頓惡其儇薄，因呼媒而告以故。公子亟辯其誣，葛弗聽，卒絕之。先是，葛有綠菊種，吝不傳，良工以植閨中。溫庭菊忽有一二株化為綠，同人聞之，輒造廬觀賞，溫亦寶之。淩晨趨視，於畦畔得箋寫惜餘春詞，反覆披讀，不知其所自至。以"春"為己名，益惑之，卽案頭細加丹黃[9]，評語褻嫚。適葛聞溫菊變綠，訝之，躬詣其齋，見詞便取展讀。溫以其評褻，奪而挼莎[10]之。葛僅讀一兩句，蓋卽閨門所拾者也。大疑，並綠菊之種，亦猜良工所贈。歸告夫人，使逼詰良工。良工涕欲死，而事無驗見，莫有取實。夫人恐其迹益彰，計不如以女歸溫。葛然之，遙致溫，溫喜極。是日，招客為綠菊之宴，焚香彈琴，良夜[11]方罷。既歸寢，齋童聞琴自作聲，初以為僚僕之戲也，既知其非人，始白溫。溫自詣之，果不妄。其聲梗澀，似將效已而未能者。爇火暴入，杳無所見。溫攜琴去，則終夜寂然。因意為狐，固知其願拜門牆[12]也者，遂每夕為奏一曲，而設絃任操若師，夜夜潛伏聽之。至六七夜，居然成曲，雅足聽聞。溫既親迎，各述曩詞，始知締好之由，而終不知所由來。良工聞琴鳴之異，往聽之，曰：“此非狐也，調悽楚，有鬼聲。”溫未深信。良工因言其家有古鏡，可鑑魑魅。翊日，遣人取至，伺琴聲既作，握鏡遽入；火之，果有女子在，倉皇室隅，莫能復隱，細審之，趙氏之宦娘也。大駭，窮詰之。泫然曰：“代作蹇修[13]，不為無德，何相逼之甚也？”溫請去鏡，約勿避；諾之。乃囊鏡。女遙坐曰：“妾太守之女，死百年矣。少喜琴箏，箏已頗能諳之，獨此技未能嫡傳[14]，重泉猶以為憾。惠顧時，得聆雅奏，傾心嚮往；又恨以異物不能奉裳衣[15]，陰為君腼合[16]佳偶，以報眷顧之情。劉公子之女舄，惜餘春之俚詞，皆妾為之也。酬師者不可謂不勞矣。”夫妻咸拜謝之。宦娘曰：“君之業[17]，妾思過半[18]矣，但未盡其神理，請為妾再鼓之。”溫如其請，又

曲陳[19]其法。宦娘大悅曰：“妾已盡得之矣！”乃起辭欲去。良工故善箏，聞其所長，願一披聆[20]。宦娘不辭，其調其譜，並非塵世所能。良工擊節，轉請受業。女命筆為繪譜十八章，又起告別。夫妻挽之良苦，宦娘悽然曰：“君琴瑟之好，自相知音；薄命人烏有此福。如有緣，再世可相聚耳。”因以一卷授溫曰：“此妾小像。如不忘媒妁，當懸之臥室，快意時焚香一炷，對鼓一曲，則兒身受之矣。”出門遂沒。

注釋

1. 趺坐：跏趺坐的省詞，指雙足交疊而坐。
2. 點正疎節：指點、糾正不合節奏之處。
3. 援繫：攀附的意思。
4. 勢式微：家勢衰落。
5. 莊書一通：端端正正地書寫了一遍。
6. 醮：古代婚禮儀式，女兒出嫁，父母斟酒讓女兒喝，一般就用來指嫁女兒。
7. 問名：求婚的意思。
8. 舃：古代一種加木底的鞋。
9. 細加丹黃：詳細地加上批語的意思。
10. 挼莎：用手揉搓。
11. 良夜：深夜。
12. 拜門牆：拜於門下為弟子的意思。
13. 蹇修：媒人的代稱。
14. 嫡傳：指正宗樂師的傳授。
15. 異物：指死人；奉裳衣：伺候生活起居，指嫁作妻子的意思。
16. 牖合：卽撮合，撮合的意思。
17. 業：學業。

18. 思過半：大部分已能領悟的意思。

19. 曲陳：詳細地述說。

20. 披聆：誠心地聆聽。

串講

這是個女鬼向人學琴並撮合美滿姻緣的故事。溫如春非常喜歡彈琴，一次在古寺裡遇到一個道人，道人對他略加指點，經精心習練後，他的琴藝於是號稱絕技。有一次，溫如春在回家途中到一個小村人家躲雨，這家有兩個人，一個老婦和她的姪女宦娘。溫看上了宦娘，就有意求婚，老婦沒答應，似乎有難言之隱。溫就坐着彈琴打發時間，雨停後就連夜趕回家。又一次，溫為當地退職的葛公彈琴，看上他女兒良工，便向葛家求婚，葛公因為溫家道衰落，沒有答應。良工聽過溫彈琴以後，心裡很傾慕他，希望他能再來彈琴，但因婚事未成，溫就再也不去葛家了。一天，良工在花園拾到寫着一首因愛而相思的《惜餘春》詞箋，她非常喜歡，用錦箋認真又抄了一遍，錦箋可能是被風颳走了，正好被從她房門經過的葛公撿到，葛公看了後以為是良工所作懷春相思之詞，就急着給她找婆家。這時候，一個劉公子來求婚，葛公非常喜歡，可是劉走後，葛公在他座位下竟然發現一隻女鞋，覺得這公子太輕薄，就沒有答應婚事。葛家有一種綠菊種子，從不傳給別人，良工在自己閨房旁種了一些，可是溫家庭院中的菊花忽然有一二株也變成綠色。溫如春在賞綠菊時，也撿到了《惜餘春》詞箋，他在上面寫了一些褻嫚的評語。葛公聽說溫家菊花也變成綠色，很吃驚，親自來溫家想看個究竟，正好發現這詞箋，內容與在女兒房門旁撿到的詞箋一樣，就猜想良工已與溫暗通關係了，連綠菊種子恐怕也是良工送給溫家的。葛家怕此事傳得更厲害，就把女兒嫁給了溫如春。溫非常高興，請客舉辦了一個綠菊宴，焚香彈琴，半夜結束後，發現琴竟然自動發出聲音，溫以為是狐狸想拜他為老師，就每晚彈奏一曲，像教學生一樣，六七晚下來，那琴聲竟然非常好聽了。後來他們使暗地裡學琴的人現身，發現原來竟然是溫如春曾見過的宦娘。原來，宦娘是太守之女，已死百年，少時就喜歡琴箏，那次見面聽溫如春彈琴後，非常仰慕，遺憾自己是鬼魂而不能嫁給他，就暗地裡撮合了溫如春和良工，劉公子座位下的女鞋、《惜餘春》詞箋等，都是她一手策劃的。夫妻倆非常感謝宦娘，宦娘學會了溫如春的琴法，就準備離開，夫妻倆想挽留，宦娘卻淒涼地飄然而逝了。

評析

本篇重要的藝術特色首先在於情節、結構設置之巧妙。篇中情節發展有主線與副線兩條線索，寫良工實為副線，寫宦娘才是主線，兩條線索又明暗交替。開頭寫溫如春向布衲道人學琴乃是為下文情節展開作鋪墊，因為正是高超的琴藝吸引兩位女主人公的，接着主線表現為明線，寫溫躲雨見到宦娘，求婚未允，未允的原因只說難言，這實際上是設置了一個懸念，埋下伏筆。接着副線表現為明線，而主線一直作為暗線與副線相應合着：良工"自聞琴以後，心竊傾慕，每冀再聆雅奏"，而前面沒有寫出、最後有所交代的是：宦娘其實也是"得聆雅奏，傾心嚮往"，因此在"暗地裡"一直隱身跟隨着溫。溫求娶良工遭拒，也與求娶宦娘一樣，只是原因非常具體：門不當戶不對。副線的發展出現了波折，接着良工在花園中撿到一封描寫相思之情的《惜餘春》詞箋，她非常喜歡，就用錦箋工整地抄錄了一遍，這錦箋後來又不見了，恰好被良工的父親葛公撿到。讀者讀到這裡開始會覺得這只是一個偶然事件，而這一事件卻推動了情節進一步展開，葛公以為充滿相思之情的《惜餘春》詞是女兒自己的抒懷之作，感到了危險，於是就急忙為她找婆家。葛公對正好來相親的劉公子非常滿意，可是劉走後卻在劉的座位下發現一隻女鞋，於是劉被拒絕了。葛家有一種綠菊種，從未外傳，可是溫家庭院中的菊花卻忽然有一二株化為綠色，溫如春在賞此綠菊時也撿到了《惜餘春》詞箋——這接連發生的三個情節連在一起，就肯定使讀者頓生懸疑之感了。副線的情節進一步展開，溫如春在《惜餘春》詞箋上題了一些褻嫚的評語，卻又正好被驚奇於溫家菊花何以變綠而前來打探究竟的葛公發現了。儘管良工堅決否認，儘管也沒有直接的證據，但是，幾件事連在一起使葛公不得不相信，女兒已與溫如春暗通關係了，於是為防事情被進一步張揚出去而出醜，葛公萬般無奈地將良工嫁給了溫如春。以上這些描寫，環環相扣，又讓人讀之步步生疑。葛公終於答應婚事，至此，可以說副線的發展似乎可以告一段落了，可是此時卻又生一疑，高興至極的溫如春招客大擺綠菊宴，卻聽到無人擺弄的琴自動發出了聲音，他以為是狐仙要拜他為師，就每晚彈奏一曲，過了六七夜，無人擺弄的琴自動發出的聲音聽上去居然非常好聽了。溫如春與良工婚後各述前此的遭遇，可是疑團還是沒有揭開。最後，一直隱身的宦娘終於現身，主線也隨之由暗線再次上升為明線，迷團一一揭開，釋疑之後，讀者才發現前此作為暗線的主線其實是一直與作為明線的副線應合、交織着的。再回過頭來看，前文寫溫如春讀到《惜餘春》詞"以'春'為己名，益惑之"，其實正暗示着宦娘對溫如春的情懷，而別人寫的《惜餘春》詞又恰恰撥動了良工的心弦，兩條線就是如此和諧地應合、交織着。這種兩條線交替上升而又相應合、相交織的結構，正好與西洋音樂中的"賦格曲"的曲式結構相通，因此可以說具有着音樂般和諧的形式美，這首美妙樂曲的結尾是宦娘"出門遂沒"。馮鎮巒對此分析云："情絲一縷，嫋嫋不絕，末一段尤妙甚。""結得縹緲不盡，曲終人不見，江上數峰青。"這是一種音樂美，同時也是一種詩意美，因為漢語古典詩歌特別推崇“言盡而意不盡”的意境，而這篇小說的結局恰恰傳達了這種極富詩意的意境。與這篇小說結局相近的還有《公孫九娘》篇，效果一樣也是讓人無法釋懷，可參讀。由此可見，今人妄論我古小說皆以“大團圓”收結，可謂厚誣我古人矣。這篇小說“懸疑—釋疑”的結構所給予讀者的，是通常小說情節所能產生的一種文學性的審美享受，而類似音樂的和諧形式結構、類似詩歌的言盡而意不盡的意境，則給讀者帶來更為豐富的審美享受。

與《嬌娜》篇的主題一樣，《宦娘》篇也意在歌頌男女之間超越情慾和婚姻的關係，將兩篇對讀是非常有意思的：溫如春與良工的關係，類似於孔生與松娘的關係，這是與情慾有關的婚姻關係，當然前者又多了一層知音關係，可以說是一種“知音+婚姻關係”；溫如春與宦娘的關係，類似於孔生與嬌娜的關係，這是“純知音關係”。《嬌娜》篇中，孔生初見嬌娜而生之情，顯然並非純粹的膩友之情，經過“紅丸”治療、與松娘成親（情慾得到滿足）後，兩人關係才淨化、上升為純膩友關係的；《宦娘》篇中，溫如春與宦娘初次見面時，“溫時未耦，繫情殊深”，溫所“欲求援繫”的是與情慾相關的婚姻關係，宦娘撮合成溫與良工的美滿姻緣後，溫與宦娘的關係才變為純粹的知音關係。兩篇在描寫男女關係轉化的結構安排上是存在相似之處的，就此來看，宦娘撮合溫與良工姻緣的過程，也是宦娘與溫之間關係得以轉化乃至淨化的過程。這裡還可以追問的是溫與宦娘為什麼不能結成婚姻關係。宦娘說自己是鬼，“異物不能奉裳衣”，但在《聊齋》的其他篇章中，異物（包括狐、鬼、仙等）是可以“奉裳衣”的，比如可以納狐為妾（《青鳳》等），娶鬼為妻（《聶小倩》等），可見作者如何安排人與異物的關係，其實只是出於藝術表現的需要，其中並無特別限定，讓宦娘最終“出門遂沒”，只是為了使宦娘與溫如春的關係，始終定位為超越情慾的“純知音關係”。再從《聊齋》真幻二重世界來看，溫如春與良工也是知音，而這種知音關係加上婚姻關係就獲得了“現實性”，代表了男女之間的現實關係，溫如春與宦娘超越婚姻的純知音關係，則相對而言代表了男女之間的理想關係，這兩種關係在《嬌娜》篇也同樣存在，但結局不一樣：《嬌娜》篇中男女之間的現實關係與理想關係得以“並存”（喜劇性的結局），而在《宦娘》篇中，隨着宦娘的“出門遂沒”（悲劇性的結局），男女之間的理想關係也隨之幻滅了，這恰恰表露了作者對男女理想關係所產生的幻滅感。然而從藝術表現來看，幻滅有時顯得更美，即所謂“淒美”，更能打動人。今人或從對封建婚姻觀念和制度的批判來解讀《嬌娜》、《宦娘》等篇，比如強調葛公拒婚、良工雖傾心溫如春卻又不敢爭取自己的婚姻幸福云云，這些分析當然有一定道理，但如果從“情慾”主題來看這些小說，它們就還具有超歷史的思想價值：在婚姻自由的歷史條件下，男女之間在建立相互關係中如何處理“情慾”，就依然並沒有一個好的解決方案，所以這一主題還會被今天的文學藝術家們千萬遍地描寫着、討論着，因為這在深層涉及的是人不斷超越感性慾望而又無法徹底擺脫感性慾望這一人性本質，這一本質性的人性衝突在男女關係中有突出表現，但顯然又決不僅僅局限於男女關係。《宦娘》的悲劇主要不是社會悲劇，而是人性悲劇，有兩種方法似乎可以消解這一人性衝突：或完全縱慾（不再承受精神的壓力），或完全去慾（完全擺脫感性慾望的束縛，如所謂“柏拉圖式的精神戀愛”），但這兩者與真實的人性恰恰不相符合，而《宦娘》所表現出的無法開釋的“淒美”更接近人性的真實本質，因而可以打動我們，在對此無法開釋的淒美情感的審美品味中，我們又會得到真實而真切的心靈撫慰。這或許才是《宦娘》等小說的最大魅力之所在。

褚生

順天陳孝廉，十六七歲時，嘗從塾師讀於僧寺，徒侶甚繁。內有褚生，自言山東人，攻苦講求，略不暇息；且寄宿齋中，未嘗一見其歸。陳與最善，因詰之，答曰："僕家貧，辦束金[1]不易，即不能惜寸陰，而加以夜半，則我之二日，可當人三日。"陳感其言，欲攜榻來與共寢。褚止之曰："且勿，且勿！我視先生，學非吾師也。阜城門有呂先生，年雖耄，可師，請與俱遷之。"蓋都中設帳者[2]多以月計，月終束金完，任其留止。於是兩生同詣呂。呂，越之宿儒，落魄不能歸，因授童蒙，實非其志也。得兩生甚喜，而褚又甚惠，過目輒了，故尤器重之。兩人情好款密，晝同几，夜同榻。月既終，褚忽假歸，十餘日不復至。共疑之。一日，陳以故至天寧寺，遇褚廊下，劈檾淬硫[3]，作火具焉。見陳，忸怩不安，陳問："何遽廢讀？"褚握手請間，戚然曰："貧無以遺先生，必半月販，始能一月讀。"陳感慨良久，曰："但往讀，自合極力[4]。"命從人收其業，同歸塾。戒陳勿洩，但託故以告先生。陳父固肆賈[5]，居物致富，陳輒竊父金，代褚遺師。父以亡金責陳，陳實告之。父以為癡，遂使廢學。褚大慚，別師欲去。呂知其故，讓之曰："子既貧，胡不早告？"乃悉以金返陳父，止褚讀如故，與共饔飧[6]，若子焉。陳雖不入館，每邀褚過酒家飲。褚固以避嫌不往，而陳要之彌堅，往往泣下，褚不忍絕，遂與往來無間。逾二年，陳父死，復求受業。呂感其誠，納之，而廢學既久，較褚懸絕矣。居半年，呂長子自越來，丐食尋父。門人輩斂金助裝，褚惟灑涕依戀而已。呂臨別，囑陳師事褚。陳從之，館褚於家。未幾，入邑庠，以“遺才[7]”應試。陳慮不能終幅[8]，褚請代之。至期。褚偕一人來，云是表兄劉天若，囑陳暫從去。陳方出，褚忽自後曳之，身欲踣，劉急挽之而去。覽眺一過，相攜宿於其家。家無婦女，即館客於內舍。居數日，忽已中秋。劉曰：“今日李皇親園中，遊人甚夥，當往一豁積悶，相便送君歸。”使人荷茶鼎[9]、酒具而往。但見水肆梅亭，喧啾不得入。過水關，則老柳之下，橫一畫橈[10]，相將登舟。酒數行，苦寂。劉顧僮曰：“梅花館近有新姬，不知在家否？”僮去少時，與姬俱至，蓋勾欄李遏雲也。李，都中名妓，工詩善歌，陳曾與友人飲其家，故識之。相見，略道溫涼。姬戚戚有憂容。劉命之歌，為歌《蒿里》[11]。陳不悅，曰：“主客即不當卿意，何至對生人歌死曲？”姬起謝，強顏歡笑，乃歌豔曲。陳喜，捉腕曰：“卿向日[12]《浣溪紗》讀之數過，今並忘之。”姬吟曰：“淚眼盈盈對鏡台，開簾忽見小姑來，低頭轉側看弓鞋。強解綠蛾開笑面，頻將紅袖拭香腮，小心猶恐被人猜。”陳反覆數四。已而泊舟，過長廊，見壁上題咏甚多，即命筆記詞其上。日已薄暮，劉曰：“闈中人將出矣。”遂送陳歸，入門，即別去。陳見室暗無人，俄延間，褚已入門，細審之卻非褚生。方疑，客遽近身而仆。家人曰：“公子憊矣！”共扶拽之。轉覺仆者非他，即已也。既起，見褚生在旁，惚惚若夢。屏人而研究之。褚曰：“告之勿驚：我實鬼也。久當投生，所以因循於此者，高誼所不能忘，故附君體，以代捉刀[13]；三場[14]畢，此願了矣。”陳復求赴春闈[15]，曰：“君先世福薄，慳吝之骨，誥贈所不堪也。”問：“將何適？”曰：“呂先生與僕有父子之分，繫念常不能置。表兄為冥司典簿[16]，求白地府主者，或當有說。”遂別而去。陳異之；天明訪李姬，將問以泛舟之事，則姬死數日矣。又至皇親園，見題句猶存，而淡墨依稀，若將磨滅。始悟題者為魂，作者為鬼。至夕，褚喜而至，曰：“所謀幸成，敬與君別。”遂伸兩掌，命陳書“褚”字於上以誌之。陳將置酒為餞，搖首曰：“勿須。君如不忘舊好，放榜後，勿憚修阻[17]。”陳揮涕送之。見一人伺候於門，褚方依依，其人以手按其項，隨手而匾，掬入囊，負之而去。過數日，陳果捷。於是治裝如越。呂妻斷育幾十年，五旬餘，忽生一子，兩手握固不可開。陳至，請相見，便謂掌中當有文曰“褚”。呂不深信。兒見陳，十指自開，視之果然。驚問其故，具告之。共相歡異。陳厚貽之，乃返。後呂以歲貢廷試[18]入都，舍於陳；則兒十三歲入泮矣。

異史氏曰：“呂老教門人，而不知自教其子。嗚呼！作善於人，而降祥於己，一間[19]也哉！褚生者，未以身報師，先以魂報友，其志其行，可貫日月，豈以其鬼故奇之與！”

注釋

1. 束金：指送給教師的酬金。
2. 設帳者：指塾師。
3. 劈緣淬硫：把緣麻劈成一束一束的，再用硫黃浸泡，可用作引火。
4. 自合極力：自當盡力幫助。
5. 肆賈：開店鋪的商人。
6. 饔：指早餐；飧：指晚餐。
7. 遺才：清代科舉制度規定，生員因故未參加科試者，在科考完畢後可集中在省城舉行一次補考，這種考試叫"遺才試"，考試合格者可參加鄉試。
8. 終幅：猶如說終篇，指完成全篇的八股文。
9. 荷：擔；茶鼎：指煮茶的炊具。
10. 橫一畫橈：漂浮着一條畫舫。橈本指船槳，代指小船。
11.《蒿里》：古代送葬時用的挽歌。
12. 向日：過去。
13. 捉刀：代人作文。
14. 三場：明清時鄉試考三場，每場三天。
15. 春闈：會試在春天舉行，故稱。
16. 典簿：掌管生死簿的。
17. 勿憚修阻：不要怕路途遙遠、艱難。
18. 歲貢廷試：指貢生不通過到國子監去學習而直接參加廷試，考職錄用。
19. 一間：非常接近，相差無幾。

串講

這是一個鬼魂附體代考的故事。順天陳孝廉讀私塾時同學很多，其中褚生家境貧寒而讀書最刻苦，陳與他的關係也最好，後來兩人又一起去拜呂先生為師。呂是越地的老書生，因滯留在外不能回家，不得不教私塾為生，收兩人為徒後很高興，而褚生又非常聰慧，書過目就能掌握，所以尤其器重他。後來陳發現褚要工作半個月才能湊夠一個月的學費，而陳父是商人，很有錢，陳就偷父親的錢代褚交學費，後來他的父親發現了，就不讓他再讀書了。褚非常慚愧，想離開老師，呂先生知道原因後，把代交的學費全部返還給陳父，讓褚留下繼續讀書，親如父子。陳還是經常請褚飲酒。過了兩年，陳父去世，陳又回來跟呂先生學。又過了半年，呂的長子找到順天，要把呂接回家，臨別時，呂囑咐陳以褚為師，陳答應了。不長時間，陳考中秀才，再要參加科試時，擔心不能把考試的文章寫完整，褚說會幫他代考。到了考期，褚帶着表兄劉天若來了，囑咐陳暫時跟劉走。陳才出門，忽然感覺褚從後面拽了他一下，他差一點兒跌到，劉急忙攙住他離開了。過了幾天就到了中秋節，劉與陳到皇親園遊玩、飲酒，請來名妓李遏雲唱歌，李還吟誦了李自己作的《浣溪紗》，後來陳把這首《浣溪紗》題寫在廊壁上。劉把陳送回家就離開了，屋裡很暗，看不見一個人，才愣了一會兒，陳看見一個人進了門，好像是褚生，細看卻不是褚生，正遲疑着，那個人突然貼近他身體倒了下去，家人扶拽起他，轉而覺得倒地的不是別人，正是他自己。起來後，看見褚生在旁邊，恍恍惚惚像在做夢。陳讓其他人退下，褚就把實情告訴他，原來，褚實際上是鬼魂，附在陳的身體上，已代陳考完試了。褚還告訴陳，正要請陰間掌管生死簿的表兄，幫他投胎到呂家作呂先生的兒子。褚離開後，陳便去訪問名妓李遏雲，卻發現她早已死了幾天了，又到皇親園，發現題寫的《浣溪紗》還能模模糊糊地看到。晚上，褚說能到呂家投胎了，讓陳在他手掌上寫了個"褚"字作標誌。過了幾天，張榜公佈考試結果，陳榜上有名，於是就趕到越地見呂先生。呂妻幾十年不生孩子了，五十多歲卻忽然生了個兒子，嬰兒生下來後兩手緊握着，怎麼也分不開。孩子見到陳後，十指卻自動分開了，一看，掌中果然有個“褚”字。

評析

本篇在《聊齋》涉及科舉題材的作品中是一篇感懷色彩比較強的作品。篇中出現了一個“設帳”的呂先生，“呂，越之宿儒，落魄不能歸，因授童蒙，實非其志也”，“實非其志也”幾乎就是蒲松齡夫子自道，“實非其志”而蒲松齡在其七十多歲的生涯中卻不得不做了近五十年。褚生作為鬼魂幫助朋友考試，與司文郎“實欲借良朋一快之耳”一樣，表露的是蒲松齡的同一種心迹。故事的末尾褚生投胎呂家後考中秀才，可謂是把考中的幻想進一步延伸到來世了。篇中對褚生與陳生關係的描寫，也很容易讓人想到蒲松齡自己曾課讀於李希梅家，與朋友“朝分明窗，夜分燈火，期相與以有成”的實際經歷。由於有實際的生活經歷和感受作基礎，本篇對師生、朋友之間的關係的描述顯得特別感人。在結構上，本篇善用伏筆，前後呼應，如前面寫呂先生待褚生“若子焉”，好像只是形容兩人間親密關係的隨便的一句話，但讀到篇末寫褚生投生轉世為呂先生的兒子，讀者才明白這是伏筆，真可謂“伏筆無痕”。再如先寫“褚偕一人來，云是表兄劉天若”，陳生隨劉遊湖，聽名妓李遏雲唱歌，後來陳生再去尋訪她，才知道她已死多日，湖上唱歌的是鬼魂（這也是對她開始為什麼竟然唱葬歌所作的交代和呼應），但陪他遊覽的劉天若是什麼身份未作交代，後面只是在褚生的話中隨意帶了一句（不是特別交代）“表兄為冥司典簿”，讀者細心再回頭去讀，才知道這是一句不着痕迹的呼應句，交代陪陳生遊覽的劉天若也是鬼魂。

從藝術表現上來說，本篇寫鬼之奇幻神妙堪與《葉生》篇相伯仲。隨鬼湖上遊覽、聽鬼姬唱歌，“姬戚戚有憂容。劉命之歌，為歌《蒿里》”，“姬起謝，強顏歡笑，乃歌豔曲”，後來“又至皇親園，見題句猶存，而淡墨依稀，若將磨滅。始悟題者為魂，作者為鬼”，這些描寫已夠奇幻，而更奇幻的是“魂附體”、“魂出體”兩處描寫。“陳方出，褚忽自後曳之，身欲踣，劉急挽之而去”，這是寫魂附體，但明倫分析道：“最難措詞處，而出之全無痕迹”。隨鬼湖上遊覽、聽鬼姬唱歌後，“日已薄暮，劉曰：‘闈中人將出矣。’遂送陳歸，入門，卽別去。陳見室暗無人，俄延間，褚已入門，細審之卻非褚生。方疑，客遽近身而仆。家人曰：‘公子憊矣！’共扶拽之。轉覺仆者非他，卽已也。旣起，見褚生在旁，惚惚若夢”。但明倫論曰：“妙筆妙想，天衣無縫。”這裡極成功地營造出了一片鬼氣氤氳的氛圍，“褚已入門，細審之卻非褚生”，“方疑，客遽近身而仆……轉覺仆者非他，卽已也”，這段“魂離體”寫得似真似幻，似有似無，是他非他，是己非己，非他即己，即己是他，是二是一，是一是二，可以說極盡致幻之能事。相近的描寫大概就是《莊子》裡的不知是莊生夢蝶還是蝶夢莊生的那段描述了，而蒲松齡的描寫無疑更為細緻傳神也更能撩人心弦。如果我們拿電影表現方式來比較，就可以看出此段語言描寫的神妙處，按現代電影特技，這段描寫會用虛影與實形的疊加來表現，但虛影是褚生、實形是陳生，還是反之虛影是陳生、實形是褚生？或者再高明一些的導演用虛影與實形之間的不斷轉換來表現，恐怕也無法傳達出以上這段語言描寫所傳達出的微妙至極的心理感受。蒲松齡表達出來了，一方面表明他有這方面敏感、深邃的心理體驗，另一方面則表明他在語言方面的創造力和表現力是非常卓越的，這正是他寫鬼高人一籌之處：不在想像的汪洋恣肆，而在描寫的細微傳神；不在“形”上的奇奇怪怪而出人意表，而在“神”上的迷離恍惚而浹人心髓——當然這需要讀者細加品味和體驗。在這個意義上，《聊齋》寫得最神妙的，恰恰不是女鬼，而是男鬼。

司文郎

平陽王平子，赴試北闈，賃居報國寺。寺中有餘杭生先在，王以比屋居[1]，投刺[2]焉，生不之答；朝夕遇之，多無狀[3]。王怒其狂悖，交往遂絕。一日，有少年遊寺中，白服裙帽，望之傀然[4]。近與接談，言語諧妙，心愛敬之。展問邦族，云："登州宋姓。"因命蒼頭設座，相對噱談。餘杭生適過，共起遜坐。生居然上座，更不撝挹[5]。卒然[6]問宋："爾亦入闈者耶？"答曰："非也。駑駘之才，無志騰驤[7]久矣。"又問："何省？"宋告之。生曰："竟不進取，足知高明。山左、右[8]並無一字通者。"宋曰："北人固少通者，而不通者未必是小生；南人固多通者，然通者亦未必是足下。"言已，鼓掌，王和之，因而鬨堂。生慚忿，軒眉攘腕[9]而大言曰："敢當前命題，一校文藝乎？"宋他顧[10]而哂曰："有何不敢！"便趨寓所，出經授王。王隨手一翻，指曰："'闕黨童子將命。'"生起，求筆札。宋曳之曰："口占可也。我破已成：'於賓客往來之地，而見一無所知之人焉。'"王捧腹大笑。生怒曰："全不能文，徒事謾罵，何以為人！"王力為排難，請另命佳題。又翻曰："'殷有三仁焉。'"宋立應曰："三子者不同道，其趨一也。夫一者何也？曰：仁也。君子亦仁而已矣，何必同？"生遂不作，起曰："其為人也小有才。"遂去。王以此益重宋。邀入寓室，款言移晷[11]，盡出所作質[12]宋。宋流覽絕疾，踰刻已盡百首，曰："君亦沉深[13]於此道者；然命筆時，無求必得之念，而尚有冀倖得之心，即此已落下乘。"遂取閱過者一一詮說[14]。王大悅，師事之；使庖人以蔗糖作水角[15]。宋啗而甘之，曰：“生平未解此味，煩異日更一作也。”從此相得甚懽。宋三五日輒一至，王必為之設水角焉。餘杭生時一遇之，雖不甚傾談，而傲睨之氣頓減。一日，以窗藝示宋，宋見諸友圈讚已濃，目一過，推置案頭，不作一語。生疑其未閱，復請之，答已覽竟。生又疑其不解，宋曰：“有何難解？但不佳耳！”生曰：“一覽丹黃[16]，何知不佳？”宋便誦其文，如夙讀者，且誦且訾。生跼蹐汗流，不言而去。移時，宋去，生入，堅請王作，王拒之。生強搜得，見文多圈點，笑曰：“此大似水角子！”王故樸訥，靦然而已。次日，宋至，王具以告。宋怒曰：“我謂‘南人不復反矣[17]’，傖楚何敢乃爾！必當有以報之！”王力陳輕薄之戒以規之，宋深感佩。旣而場後，以文示宋，宋頗相許。偶與涉歷殿閣，見一瞽僧坐廊下，設藥賣醫。宋訝曰：“此奇人也！最能知文，不可不一請教。”因命歸寓取文。遇餘杭生，遂與俱來。王呼師而參之。僧疑其問醫者，便詰症候。王具白請教之意，僧笑曰：“是誰多口？無目何以論文？”王請以耳代目。僧曰：“三作兩千餘言，誰耐久聽！不

如焚之，我視以鼻可也。”王從之。每焚一作，僧嗅而頷之曰：“君初法大家，雖未逼真，亦近似矣。我適受之以脾。”問：“可中否？”曰：“亦中得。”餘杭生未深信，先以古大家文燒試之。僧再嗅曰：“妙哉！此文我心受之矣，非歸、胡[18]何解辦此！”生大駭，始焚己作。僧曰：“適領一藝，未窺全豹，何忽另易一人來也？”生託言：“朋友之作，止彼一首；此乃小生作也。”僧嗅其餘灰，咳逆數聲，曰：“勿再投矣！格格而不能下，強受之以鬲，再焚則作惡矣。”生慚而退。數日榜放，生竟領薦；王下第[19]。生與王走告僧。僧歎曰：“僕雖盲於目，而不盲於鼻；簾中人[20]並鼻盲矣。”俄餘杭生至，意氣發舒，曰：“盲和尚，汝亦啖人水角耶？今竟何如？”僧曰：“我所論者文耳，不謀與君論命。君試尋諸試官之文，各取一首焚之，我便知孰為爾師。”生與王並搜之，止得八九人。生曰：“如有舛錯，以何為罰？”僧憤曰：“剜我盲瞳去！”生焚之，每一首，都言非是；至第六篇，忽向壁大嘔，下氣如雷。眾皆粲然。僧拭目向生曰：“此真汝師也！初不知而驟嗅之，刺於鼻，棘於腹，膀胱所不能容，直自下部出矣！”生大怒，去，曰：“明日自見！勿悔！勿悔！”越二三日竟不至；視之，已移去矣。乃知即某門生也。宋慰王曰：“凡吾輩讀書人，不當尤人，但當克己[21]；不尤人則德益弘，能克己則學益進。當前踧落[22]，固是數之不偶；平心而論，文亦未便登峰，其由此砥礪，天下自有不盲之人。”王肅然起敬。又聞次年再行鄉試，遂不歸，止而受教。宋曰：“都中薪桂米珠，勿憂資斧。舍後有窖鏹[23]，可以發用。”即示之處。王謝曰：“昔竇、范貧而能廉[24]，今某幸能自給，敢自汙乎？”王一日醉眠，僕及庖人竊發之。王忽覺，聞舍後有聲，竊出，則金堆地上。情見事露，並相慴伏。方訶責間，見有金爵，類多鐫款，審視，皆大父字諱。蓋王祖曾為南部郎，入都寓此，暴病而卒，金其所遺也。王乃喜，秤得金八百餘兩。明日告宋，且示之爵，欲與瓜分，固辭乃已。以百金往贈瞽僧，僧已去。積數月，敦習益苦。及試，宋曰："此戰不捷，始真是命矣！"俄以犯規被黜。王尚無言，宋大哭，不能止。王反慰解之。宋曰："僕為造物所忌，困頓至於終身，今又累及良友。其命也夫！其命也夫！"王曰："萬事固有數在。如先生乃無志進取，非命也。"宋拭淚曰："久欲有言，恐相驚怪。某非生人，乃飄泊之遊魂也。少負才名，不得志於場屋。佯狂至都，冀得知我者，傳諸著作。甲申之年[25]，竟罹於難，歲歲飄蓬。幸相知愛，故極力為'他山'之攻[26]，生平未酬之願，實欲借良朋一快[27]之耳。今文字之厄若此，誰復能漠然哉！"王亦感泣，問："何淹滯？"曰："去年上帝有命，委宣聖[28]及閻羅王核查劫鬼，上者備諸曹任用，餘者卽俾轉輪[29]。賤名已錄，所未投到者，欲一見飛黃[30]之快耳。今請別矣！"王問："所考[31]何職？"曰："梓潼府中缺一司文郎，暫令聾僮署篆，文運所以顛倒。萬一倖得此秩，當使聖教昌明。"明日，忻忻而至，曰："願遂矣！宣聖命作《性道論》，視之色喜，謂可司文。閻羅稽簿[32]，欲以'口孽'見棄。宣聖爭之，乃得就。某伏謝已，又呼近案下，囑云：'今以憐才，拔充清要；宜洗心供職，勿蹈前愆。'此可知冥中重德行更甚於文學也。君必修行未至，但積善勿懈可耳。"王曰："果爾，餘杭其德行何在？"曰："不知。要冥司賞罰，皆無少爽。卽前日瞽僧，亦一鬼也，是前朝名家。以生前拋棄字紙過多，罰作瞽。彼自欲醫人疾苦，以贖前愆，故託遊廛肆耳。”王命置酒，宋曰：“無須。終歲之擾，盡此一刻，再為我設水角足矣。”王悲愴不食，坐令自噉。頃刻，已過三盛[33]，捧腹曰：“此餐可飽三日，吾以志君德耳。向所食都在舍後，已成菌矣。藏作藥餌，可益兒慧。”王問後會，曰：“既有官責，當引嫌也。”又問：“梓潼祠中，一相酹祝，可能達否？”曰：“此都無益。九天甚遠，但潔身力行，自有地司牒報，則某必與知之。”言已，作別而沒。王視舍後，果生紫菌，採而藏之。旁有新土墳起，則水角宛然在焉。王歸，彌自刻厲。一夜，夢宋輿蓋而至，曰：“君向以小忿，誤殺一婢，削去祿籍，今篤行已折除矣。然命薄不足任仕進也。”是年，捷於鄉，明年，春闈[34]又捷。遂不復仕。生二子，其一絕鈍，啖以菌，遂大慧。後以故詣金陵，遇餘杭生於旅次，極道契闊[35]，深自降抑，然鬢毛斑矣。

異史氏曰：“餘杭生公然自詡，意其為文，未必盡無可觀；而驕詐之意態顏色，遂使人頃刻不可復忍。天人之厭棄已久，故鬼神皆玩弄之。脫能增修厥德，則簾內之‘刺鼻棘心’者，遇之正易，何所遭之僅也。”

注釋

1. 比屋居：住房挨在一起住。
2. 投刺：送上名片欲交往。
3. 無狀：沒有禮貌。
4. 傀然：形容偉大的樣子。
5. 撝挹：謙遜、謙退。挹同“抑”。

6. 卒然：形容冒冒失失的樣子。卒同“猝”。

7. 騰驤：原指馬奔騰跳躍，這裡比喻人求取功名。

8. 山左、右：指登州。

9. 軒眉攘腕：豎眉毛，擄袖子，形容要與人爭論的樣子。

10. 他顧：看別的地方，表示瞧不起。

11. 移晷：日影移，指過了很長時間。

12. 質：問，請教。

13. 沉深：深入研究的意思。

14. 詮說：解說。

15. 水角：即水餃。

16. 一覽丹黃：看看評語，古人評點文章習慣用筆蘸紅或黃色書寫，以示與正文的區別，叫“丹黃”。

17. 南人不復反矣：三國時，孟獲被諸葛亮第七次擒獲後說南人不復反矣，後來習慣引用這句話表示心悅誠服。

18. 歸、胡：指明代古文大家歸有光、胡友信。

19. 下第：沒有考取。

20. 簾中人：指考官。

21. 克己：嚴格要求自己。

22. 蹭落：不得意，倒楣。

23. 窖鏹：埋在地下的銀錢。

24. 竇、范貧而能廉：竇，指戲曲故事中的竇儀，他貧困時有金精戲弄他，但他不為所動；范，指范仲淹，傳說他貧窮時在廟裡讀書，發現地下有窖藏的金子而沒有據為己有。

25. 甲申之年：指明崇禎十七年，這一年李自成領導農民起義軍攻下北京城。

26. ‘他山’之攻：比喻朋友的規勸與勉勵，語出《詩經》“他山之石，可以攻玉”。

27. 快：快意，稱心如意。

28. 宣聖：指孔子。

29. 轉輪：輪迴的意思。

30. 飛黃：飛黃騰達的省詞。

31. 考：考選的意思。

32. 稽簿：查看人生前的功過簿。

33. 盛：這裡指器皿，量詞。

34. 春闈：在春天舉行的會試。

35. 道契闊：久別重逢後的寒暄。契闊指久別的意思。

串講

這是一個頗具諷刺和宿命色彩的科舉考試的故事。平陽王平子參加北闈考試時，賃房住在報國寺，緊挨着他的另一屋住的是餘杭生，這人非常狂妄。一日，又來了一位宋姓少年，王與他談得非常融洽，兩人正在互相讓座，餘杭生居然傲慢地走過來坐上了上座。餘杭生問宋是否是來參加考試的，宋說不是，他就企圖嘲弄宋，結果反受其辱，於是又要與宋比試作文，結果還是敗下陣去。王以此更加敬重宋，把自己的文章拿出來請教宋，宋一一作了解說，王非常高興，就拜宋為師，讓廚子用蔗糖包水餃招待宋，宋就三五日來一次，而每次來王必用水餃招待他。餘杭生也偶爾遇到宋，傲慢之氣減了不少，一日，餘杭生把自己作的八股文給宋看，宋直言寫得不怎麼樣，他無話可說，宋走後就去戲弄老實的王生。考完試後，王把自己考試所寫文章給宋看，宋認為寫得非常好。他們遇到一個行醫賣藥的盲和尚，宋認為這是一個很懂文章的奇人，王就回寓所取自己的文章，正好遇見餘杭生，於是就一起去了。王知道盲和尚不能以目“看”文章，就請他以耳“聽”文章，他卻說可以以鼻“嗅”文章，王就把自己文章燒了給和尚嗅，和尚鑑定說文章寫得還可以，科舉應該可以考中。餘杭生燒自己的文章讓和尚嗅，和尚嗅完後大加嘲弄。幾天後，考試結果張榜公佈，餘杭生考中，王生卻落榜了，餘杭生就反過來嘲弄和尚，和尚說：你既然都能考中，我就能知道考官中誰是你的老師，不信，你各取諸位考官一人一篇文章來試試。餘杭生先燒了幾篇，和尚嗅了後都說不是，到第六篇，嗅完後，和尚對着牆似乎要上吐下瀉，說這肯定是餘杭生老師的文章，餘杭生憤憤而去。第二年考試，王又因為犯規再次落榜。王倒是沒說什麼話，宋卻大哭不止，王反過來安慰宋，宋就把實情告訴王。原來，宋是鬼魂，生前很有才華，考科舉卻很不成功，本來想通過幫助朋友來實現自己生前未實現的願望，沒想到結果卻是如此。後來，宋出任陰間司文郎一職，告訴王，陰間重德行甚於文章，而且賞罰從來不會出錯。王回到家後更加刻苦攻讀，一夜，夢見宋來告訴他，他先前考不中是因為曾誤殺一個婢女，現在已贖罪了。這一年，王果然屢考屢中。

評析

從藝術表現上來說，本篇將"諷世"與"感懷"結合得比較好。《聊齋》中與本篇情節結構類似的還有《于去惡》篇，將兩篇簡單比較一下可知本篇更為成功的祕訣。本篇寫鬼魂宋生介紹"梓潼府中缺一司文郎，暫令聾僮署篆，文運所以顛倒"，後來孔子提拔宋生為司文郎，文運才被扭轉過來；《于去惡》篇寫陰間開考以無目的師曠、愛錢的和嶠為考官，致使文運顛倒，後來巡察各地的張飛扭轉了文運。兩篇都旨在諷刺科舉考試中的黑暗與不公，主題並無二致，關鍵在於表現的方式：從人物設置來說，《于去惡》篇沒有反面人物，本篇則創造了餘杭生這一反面形象，而且這一形象在表現主題中發揮着很大的作用。從情節設置來說，涉及科考的作品，對放榜前後的描寫是關鍵，前者只寫于去惡考完後自我感覺良好，落榜後“泫然流涕”；本篇的分水嶺則不在第一次放榜，而在第二次考試王生還是落榜了，並且當事人王生“尚無言”，幫助他的宋生卻“大哭不能止”，而前此的鬥嘴鬥智、盲僧嗅文等非常詳盡的細節描寫，則可以說是一種“蓄勢”的過程，由於有了這一蓄勢的過程，現實與預期反差更大，落榜後的痛苦感覺就更強烈，讀者讀來也就覺得更加真實可感。《于去惡》篇中于去惡鬼魂的身份較早就顯露出來了，本篇宋生鬼魂的身份顯露得則比較晚，這也可以視作是一種“蓄勢”，《聊齋》中許多以情節取勝的作品，往往都有這麼一個蓄勢的過程。從整體表現特點來說，相對而言《于去惡》篇中的人物形象不夠豐滿，主要是在敘“事”而非寫“人”，而本篇通過細節描寫，活生生地勾畫出了餘杭生與宋生這兩個豐滿生動的人物形象，是通過栩栩如生的人物形象，而非單純的敘述來表現主題的，主題自然也就更加鮮明，讀者的印象也就更加深刻。《于去惡》篇寫以無目的師曠、愛錢的和嶠為考官，這種諷刺可以說還只處於抽象的象徵階段；本篇通過細節描寫餘杭生的狂妄、文才不見得有多高，通過盲僧的鼻子，嗅出落榜的王生的文章比考中的餘杭生好、考官餘杭生老師的文章更是“臭不可聞”，如此這般，考場中的黑暗與不公就被形象而生動地揭示出來了，而這樣的諷刺無疑更具感性化的力度與深度。另一方面，本篇感懷抒情的色彩也更濃，當王生再次落榜，知道結果後，王倒沒有什麼反應，宋卻大哭不止，原來宋是鬼魂，生前“負才名”而“不得志於場屋”，“生平未酬之願，實欲借良朋一快之耳”。宋對科考失敗這樣地耿耿於懷，至死不忘，很容易使人想到蒲松齡不得志於場屋而又孜孜以求的一生。後來，宋又告訴王：“梓潼府中缺一司文郎，暫令聾僮署篆，文運所以顛倒”。這種大罵掌管科舉官員又盲又聾、既盲於鼻又盲於心的憤激的話，幾乎讓人感覺到就是從蒲松齡嘴中脫口而出的。蒲松齡只能把這一切歸之於命，篇中最後還是安排王生連考連勝，表露出了蒲松齡執着的幻想，凡此種種透露出了他一生在失望與希望之間不斷遊移的心靈變動軌迹。這種抒情色彩，進一步增強了諷世的感性力度。

本篇的另一大妙處在“把抽象的東西生理感官化”。按西洋人的說法，人的感官中只有目、耳具有審美性，鼻之嗅覺、口舌之味覺生理性太強不具審美性，但古人卻以“滋味”論美。鑑賞文章，本當賞之以目，鑑之以心（實為腦），本篇中盲僧既不能賞之以目，卻還拒絕賞之以耳，而嗅之以鼻，並把文章分成受之以心、以脾、以鬲三等。俗語形容文章之差云“令人作嘔”，這可以說本是以生理感覺比喻心理感覺，作者在篇中卻將心理感覺直接具體化為生理感覺，形象生動而極為傳神，“下氣如雷”云云不正是俗語形容文章“臭不可聞”的具體形象化嗎？篇末寫抽象的“智慧”由水角化為菌，王生的兩個兒子中“其一絕鈍，啖以菌，遂大慧”，可見作者將此表現法貫徹始終了。本篇“言語諧妙”，餘杭生諷刺宋生說：“山左、右並無一字通者”，宋生反唇相譏道：“北人固少通者，而不通者未必是小生；南人固多通者，然通者亦未必是足下”，機趣風生，可入《世說新語》，可見作者的文人雅趣。

狂生

劉學師言：濟寧有狂生某，善飲；家無儋石[1]，而得錢輒沽，殊不以窮厄為意。值新刺史蒞任，善飲無對。聞生名，招與飲而悅之，時共談宴。生恃其狎[2]，凡有小訟求直[3]者，輒受薄賄，為之緩頰[4]；刺史每可其請。生習為常，刺史心厭之。一日早衙，持刺登堂，刺史覽之微笑，生厲聲曰：“公如所請，可之；不如所請，否之，何笑也！聞之：士可殺而不可辱。他固不能相報，豈一笑不能報耶？”言已，大笑，聲震堂壁。刺史怒曰：“何敢無禮！寧不聞滅門令尹耶！”生掉臂[5]竟下，大聲曰：“生員無門之可滅！”刺史益怒，執之。訪其家居，則並無田宅，惟攜妻在城堞[6]上住。刺史聞而釋之，但逐不令居城垣。朋友憐其狂，為買數尺地，購斗室焉。入而居之，歎曰：“今而後畏令尹矣！”

異史氏曰：“士君子奉法守禮，不敢劫人於市，南面者奈我何哉！然仇之猶得而加者，徒以有門在耳；夫至無門可滅，則怒者更無以加之矣。噫嘻！此所謂'貧賤驕人'者耶！獨是君子雖貧，不輕干人，乃以口腹之累，喋喋公堂，品斯下矣。雖然，其狂不可及。"

注釋

1. 儋石：又作"擔石"，一百斤，無儋石比喻口糧儲備不足。
2. 狎：親昵，熟悉。
3. 求直：要求勝訴。
4. 緩頰：為人說情。
5. 掉臂：甩動雙臂，指大搖大擺地走路，目中無人。
6. 城堞：城垛口。

串講

這是個極具喜劇色彩的小故事。有一個貧窮的狂生與新刺史關係親密，凡是有小官司求他幫忙的，他就接受一點小賄賂替人說情，而刺史總是接受他的說情，時間長了，他就習以為常了，刺史心裡就有些厭煩。一日上早衙，他拿着名片來到公堂，刺史看完名片後微微一笑，他就厲聲說："您如果答應我的請求就說可以，不答應就說不行，幹嘛要笑！我聽說：士可殺而不可辱。您給我的其他東西，我固然不能報答，難道一笑我也不能報答嗎？"說完便哈哈大笑，刺史非常惱怒，警告要查抄他的家，他甩膀子就走，大聲說："我本來就無家可抄！"刺史更加惱怒，就把他抓了起來。一探訪，他果然無屋無地，只帶着妻子住在城牆豁口。刺史拿他沒辦法，只好把他釋放了，但是把他從城牆豁口驅逐走，不允許他再住在那裡。朋友非常同情他，就給他買了一小塊地和一間小房子，他住進小房子後，感歎道："從今而後，有家的我，就再也不會不怕動輒要抄家的刺史了！"

評析

本篇妙在傳神寫照，三言兩語，一個狂態可掬的狂生形象被活脫脫地勾畫出來了。狂生“他固不能相報，豈一笑不能報耶”，“今而後畏令尹矣”等語，雋妙可入《世說新語》，頗有幾分黑色幽默的味道。本篇對隨意就要滅門的刺史的婉轉嘲弄，亦可謂“婉而多諷”。

王子安

王子安，東昌名士，困於場屋。入闈後，期望甚切。近放榜時，痛飲大醉，歸臥內室。忽有人白："報馬[1]來。"王踉蹌起曰："賞錢十千！"家人因其醉，誑而安之曰："但請睡，已賞矣。"王乃眠。俄又有入者曰："汝中進士矣！"王自言："尚未赴都，何得及第？"其人曰："汝忘之耶？三場畢矣。"王大喜，起而呼曰："賞錢十千！"家人又誑之如前。又移時，一人急入曰："汝殿試翰林[2]，長班[3]在此。"果見二人拜牀下，衣冠修潔。王呼賜酒食，家人又紿之，暗笑其醉而已。久之，王自念不可不出耀鄉里，大呼長班，凡數十呼，無應者。家人笑曰："暫臥候，尋他去。"又久之，長班果復來。王搥牀頓足，大罵："鈍奴焉往！"長班怒曰："措大無賴！向與爾戲耳，而真罵耶？"王怒，驟起撲之，落其帽。王亦傾跌。妻入，扶之曰："何醉至此！"王曰："長班可惡，我故懲之，何醉也？"妻笑曰："家中止有一媼，晝為汝炊，夜為汝溫足耳。何

處長班，伺汝窮骨？”子女皆笑。王醉亦稍解，忽如夢醒，始知前此之妄。然猶記長班帽落。尋至門後，得一纓帽如盞大，共疑之。自笑曰：“昔人為鬼揶揄，吾今為狐奚落[4]矣。”

異史氏曰：“秀才入闈，有七似焉：初入時，白足提籃，似丐。唱名時，官呵隸罵，似囚。其歸號舍[5]也，孔孔伸頭，房房露腳，似秋末之冷蜂。其出場也，神情惝怳，天地異色，似出籠之病鳥。迨望報也，草木皆驚，夢想亦幻。時作一得志想，則頃刻而樓閣俱成；作一失志想，則瞬息而骸骨已朽。此際行坐難安，則似被縶之猱。忽然而飛騎傳人，報條無我，此時神色猝變，嗒然若死，則似餌毒之蠅，弄之亦不覺也。初失志，心灰意敗，大罵司衡[6]無目，筆墨無靈，勢必舉案頭物[7]而盡炬之[8]；炬之不已，而碎踏之；踏之不已，而投之濁流。從此披髮入山，面向石壁，再有以“且夫”、“嘗謂”之文進我者，定當操戈逐之。無何，日漸遠，氣漸平，技又漸癢，遂似破卵之鳩，只得啣木營巢，從新另抱矣。如此情況，當局者痛哭欲死，而自旁觀者視之，其可笑孰甚焉。王子安方寸之中，頃刻萬緒，想鬼狐竊笑已久，故乘其醉而玩弄之。牀頭人醒，寧不啞然失笑哉？顧得志之況味，不過須臾；詞林諸公，不過經兩三須臾耳，子安一朝而盡嘗之，則狐之恩與薦師[9]等。”

注釋

1. 報馬：騎馬報信的人。

2. 殿試翰林：指進士裡的前三名。

3. 長班：僕人。

4. 奚落：嘲笑戲弄。

5. 號舍：科舉考試中供考生作文、食宿並編列成號的小房間。

6. 司衡：指考官。

7. 案頭物：指筆墨紙硯及書籍等。

8. 炬之：一把火燒掉。

9. 薦師：鄉、會試中推薦錄取的閱卷考官。

串講

這是一個有關科舉考試的令人捧腹的喜劇故事。王子安考試非常希望考中，臨近張榜公佈結果時，喝得大醉，正躺在屋裡，忽然有人通告："報馬來了。"王踉蹌起來說："賞錢十千！"家人知道他喝醉了，就哄他說："你睡你的吧，已賞過了。"王就睡下了。過了一會兒又有人通告："你中進士了！"王自言自語道："還沒有進京考試呢，怎麼就中進士了？"那人說："你忘了嗎？三場考試已經考完了。"王大喜，起身大喊："賞錢十千！"家人還像前面一樣哄他睡下。又過了一會兒，一人急着進屋說："你考中進士前三名了，你的長班在這裡伺候着呢。"王起身，果然看見兩人在牀下參拜，就招呼着賞賜酒食。過了很長時間，王心裡想，考中了該在鄉里炫耀一番，就大呼"長班"，喊了數十聲，沒人答應。又過了很長時間，剛才那長班果然又來了，王便捶牀大罵，長班惱怒地與他對罵："你這無賴！剛才不過耍耍你，你倒當真起來了！"王大怒，起身便打，把他的帽子打掉了，王也跌倒在地。王的妻子進來扶起他，王說："長班可惡，我正要懲罰他呢！"妻子笑道："你窮得要死，除了我一個人外，哪裡還有什麼長班來伺候你呀！"子女都笑了起來，王才稍微清醒了一些，像做了一場大夢，才知道剛才全是幻覺，可是還記得把長班的帽子打掉這回事，找到門後，果然發現了帽子，一家人都不知怎麼回事，王自嘲道：

“昔人被鬼嘲笑，我今天卻被狐狸耍弄了。”

評析

本篇亦妙在窮形盡相，傳神寫照，不足五百字的描寫，在藝術表現力上，不讓《儒林外史》“范進中舉”章的描寫：後者儘管有幾分誇張，但遵循的主要是現實的“實然律”，本篇遵循的則是虛設的“可然律”，而在對舉子科場人生況味揭示之準確、深刻及傳神上，兩者難分伯仲。要強調的是，作者對王子安的嘲諷不能說是不留餘地地辛辣，“王子安方寸之中，頃刻萬緒，想鬼狐竊笑已久，故乘其醉而玩弄之。牀頭人醒，寧不啞然失笑哉？顧得志之況味，不過須臾；詞林諸公，不過經兩三須臾耳，子安一朝而盡嘗之，則狐之恩與薦師等”，《聊齋自誌》中即有“逐逐野馬之塵，罔兩見笑”之語，《葉生》篇亦有“歎面目之酸澀，來鬼物之揶揄”之語，作者亦是深陷科場中人，個中況味也是感同身受的，子安之自笑，視作作者之自嘲亦不為過。“狐之恩與薦師等”，對“薦師”的附帶嘲弄則可謂之辛辣，此語也頗帶幾分黑色幽默的色彩。正文寫完，作者還不肯作罷，在“異史氏曰”又描寫了科場內外舉子的“七似”，也準確而傳神地刻畫出了科場內外的眾生相，讀者亦當細細品味。正文結處：“王醉亦稍解，忽如夢醒，始知前此之妄。然猶記長班帽落。尋至門後，得一纓帽如盞大，共疑之。”寫得真真假假，虛虛實實，亦真亦幻，亦是《聊齋》常見手段。

葛巾

常大用，洛人，癖好牡丹。聞曹州牡丹甲齊、魯，心嚮往之。適以他事如曹，因假搢紳之園居焉。而時方二月，牡丹未華[1]，惟徘徊園中，目注句萌[2]，以望其拆[3]。作《懷牡丹詩》百絕。未幾，花漸含苞，而資斧將匱；尋典春衣，流連忘返。一日，淩晨趨花所，則一女郎及老嫗在焉。疑是貴家宅眷，亦遂遄返。暮而往，又見之，從容避去；微窺之，宮妝豔絕。眩迷之中，忽轉一想：此必仙人，世上豈有此女子乎！急返身而搜之，驟過假山，適與嫗遇。女郎方坐石上，相顧失驚。嫗以身幛女，叱曰："狂生何為！"生長跪曰："娘子必是神仙！"嫗咄之曰："如此妄言，自當縶送令尹！"生大懼，女郎微笑曰："去之！"過山而去。生返，不能徒步[4]，意女郎歸告父兄，必有詬辱之來。偃臥空齋，自悔孟浪[5]。竊幸女郎無怒容，或當不復置念。悔懼交集，終夜而病。日已向辰，喜無問罪之師，心漸寧帖。而回憶聲容，轉懼為想。如是三日，憔悴欲死。秉燭夜分，僕已熟眠。嫗入，持甌而進曰："吾家葛巾娘子，手合[6]鴆湯，其速飲！"生聞而駭，既而曰："僕與娘子，夙無怨嫌，何至賜死？既為娘子手調，與其相思而病，不如仰藥[7]而死！"遂引而盡之。嫗笑，接甌而去。生覺藥氣香冷，似非毒者。俄覺肺鬲寬舒，頭顱清爽，酣然睡去。既醒，紅日滿窗。試起，病若失，心益信其為仙。無可夤緣[8]，但於無人時，彷彿其立處、坐處，虔拜而默禱之。一日，行去，忽於深樹內，覿面遇女郎，幸無他人，大喜，投地。女郎近曳之，忽聞異香竟體，即以手握玉腕而起，指膚軟膩，使人骨節欲酥。正欲有言，老嫗忽至。女令隱身石後，南指曰：“夜以花梯度牆，四面紅窗者，即妾居也。”匆匆遂去。生悵然，魂魄飛散，莫知所往。至夜，移梯登南垣，則垣下已有梯在，喜而下，果見紅窗。室中聞敲棋聲，佇立不敢復前，姑踰垣歸。少間，再過之，子聲猶繁；漸近窺之，則女郎與一素衣美人相對着，老嫗亦在坐，一婢侍焉。又返。凡三往復，漏已三催。生伏梯上，聞嫗出云：“梯也，誰置此？”呼婢共移去之。生登垣，欲下無階，恨悒而返。次夕，復往，梯先設矣。幸寂無人，入，則女郎兀坐，若有思者，見生驚起，斜立含羞。生揖曰：“自謂福薄，恐於天人無分，亦有今夕耶！”遂狎抱之。纖腰盈掬，吹氣如蘭，撐拒曰：“何遽爾！”生曰：“好事多磨，遲為鬼妒。”言未及已，遙聞人語。女急曰：“玉版妹子來矣！君可姑伏牀下。”生從之。無何，一女子入，笑曰：“敗軍之將，尚可復言戰否？業已烹茗，敢邀為長夜之歡。”女郎辭以困惰，玉版固請之，女郎堅坐不行。玉版曰：“如此繾綣，豈藏有男子在室耶？”強拉之，出門而去。生膝行而出，恨絕[9]，遂

搜枕簟，冀一得遺物。而室內並無香匳，只牀頭有一水精如意[10]，上結紫巾，芳潔可愛。懷之，越垣歸。自理衿袖，體香猶凝，傾慕益切。然因伏牀之恐，遂有懷刑[11]之懼，籌思不敢復往，但珍藏如意，以冀其尋。隔夕，女郎果至，笑曰："妾向以君為君子也，而不知寇盜也，"生曰："良有之！所以偶不君子者，第望其如意耳。"乃攬體入懷，代解裙結。玉肌乍露，熱香四流，偎抱之間，覺鼻息汗熏，無氣不馥。因曰："僕固意卿為仙人，今益知不妄。幸蒙垂盼，緣在三生。但恐杜蘭香[12]之下嫁，終成離恨耳。"女笑曰："君慮亦過。妾不過離魂之倩女，偶為情動耳。此事宜要慎祕，恐是非之口，捏造黑白，君不能生翼，妾不能乘風，則禍離更慘於好別矣。"生然之，而終疑為仙，固詰姓氏，女曰："既以妾為仙，仙人何必以姓名傳。"問："嫗何人？"曰："此桑姥。妾少時受其露覆，故不與婢輩同。"遂起，欲去，曰："妾處耳目多，不可久羈，蹈隙當復來。"臨別，索如意，曰："此非妾物，乃玉版所遺。"問："玉版為誰？"曰："妾叔妹也。"付鉤乃去。去後，衾枕皆染異香。由此三兩夜輒一至。生惑之，不復思歸，而囊橐既空，欲貨馬，女知之，曰："君以妾故，瀉囊[13]質衣，情所不忍。又去代步，千餘里將何以歸？妾有私蓄，聊可助裝。"生辭曰："感卿情好，撫臆誓肌[14]，不足論報；而又貪鄙，以耗卿財，何以為人矣！"女固強之，曰："姑假君。"遂捉生臂，至一桑樹下，指一石，曰："轉之！"生從之。又拔頭上簪，刺土數十下，又曰："爬之。"生又從之。則甕口已見。女探入，出白鏹[15]近五十兩許，生把臂止之，不聽，又出十餘鋌，生強反其半而後掩之。一夕，謂生曰：“近日微有浮言，勢不可長，此不可不預謀也。”生驚曰：“且為奈何！小生素迂謹，今為卿故，如寡婦之失守，不復能自主矣。一惟卿命，刀鋸斧鉞，亦所不遑顧耳！”女謀偕亡，命生先歸，約會於洛。生治任旋里，擬先歸而後逆之；比至，則女郎車適已至門。登堂朝家人，四鄰驚賀，而並不知其竊而逃也。生竊自危，女殊坦然，謂生曰：“無論千里外非邏察所及，卽或知之，妾世家女，卓王孫當無如長卿何也[16]。”生弟大器，年十七，女顧之曰：“是有惠根，前程尤勝於君。”完婚有期，妻忽夭殞。女曰：“妾妹玉版，君固嘗窺見之，貌頗不惡，年亦相若，作夫婦可稱佳耦。”生聞之而笑，戲請作伐，女曰：“必欲致之，卽亦非難。”喜曰：“何術？”曰：“妹與妾最相善。兩馬駕輕車，費一嫗之往返耳。”生懼前情俱發，不敢從其謀，女曰：“不妨。”卽命車，遣桑嫗去。數日，至曹。將近里門，嫗下車，使御者止而候於途，乘夜入里。良久，偕女子來，登車遂發。昏暮卽宿車中，五更復行。女郎計其時日，使大器盛服而逆之。五十里許，乃相遇，御輪[17]而歸；鼓吹花燭，起拜成禮。由此兄弟皆得美婦，而家又日以富。一日，有大寇數十騎，突入第。生知有變，舉家登樓。寇入，圍樓。生俯問：“有仇否？”答言：“無仇。但有兩事相求：一則聞兩夫人世間所無，請賜一見；一則五十八人，各乞金五百。”聚薪樓下，為縱火計以脅之。生允其索金之請，寇不滿志，欲焚樓，家人大恐。女欲與玉版下樓，止之不聽。炫妝而下，階未盡者三級，謂寇曰：“我姊妹皆仙媛，暫時一履塵世，何畏寇盜！欲賜汝萬金，恐汝不敢受也。”寇眾一齊仰拜，喏聲“不敢”。姊妹欲退，一寇曰：“此詐也！”女聞之，反身佇立，曰："意欲何作，便早圖之！尚未晚也。"諸寇相顧，默無一言。姊妹從容上樓而去。寇仰望無迹，鬨然始散。後二年，姊妹各舉一子，始漸自言："魏姓，母封曹國夫人。"生疑曹無魏姓世家，又且大姓失女，何得一置不問？未敢窮詰，而心竊怪之。遂託故復詣曹，入境諮訪，世族並無魏姓。於是仍假館舊主人，忽見壁上有《贈曹國夫人詩》，頗涉駭異，因詰主人。主人笑，卽請往觀曹夫人，至則牡丹一本[18]，高與簷等。問所由名，則以此花為曹第一，故同人戲封之。問其"何種"？曰："葛巾紫也。"心益駭，遂疑女為花妖。既歸，不敢質言，但述贈夫人詩以覘之。女蹙然變色，遽出，呼玉版抱兒至，謂生曰："三年前，感君見思，遂呈身相報；今見猜疑，何可復聚！"因與玉版皆舉兒遙擲之，兒墮地並沒。生方驚顧，則二女俱渺矣。悔恨不已。後數日，墮兒處生牡丹二株，一夜徑尺[19]，當年而花，一紫一白，朵大如盤，較尋常之葛巾、玉版，瓣尤繁碎。數年，茂蔭成叢，移分他所，更變異種，莫能識其名。自此牡丹之盛，洛下無雙焉。

異史氏曰："懷之專一，鬼神可通，偏反者[20]亦不可謂無情也。少府寂寞，以花當夫人[21]；況真能解語，何必力窮其原哉？惜常生之未達也！"

注釋

1. 未華：沒有開花。
2. 句萌：草木才發的嫩芽，屈的叫句（勾），直的叫萌。
3. 拆：同"坼"，裂開，指花蕊開放。
4. 不能徒步：這裡指因為害怕而兩腿發軟，幾乎連路也走不成了。

5. 孟浪：輕率，冒失。

6. 合：配合、調製的意思。

7. 仰藥：仰起頭來把藥一口喝下去，一般指毒藥。

8. 夤緣：攀附。

9. 恨絕：恨透了。

10. 如意：本是搔癢爬，後來常作隨身裝飾物。

11. 懷刑：惟恐受到法律制裁。

12. 杜蘭香：古代神話傳說中的仙女。

13. 瀉囊：把口袋裡的錢掏空。

14. 撫臆誓肌：按住胸口，拿身上的肉來賭咒。

15. 白鏹：銀子。

16. 卓王孫當無如長卿何也：長卿是司馬相如的字，卓王孫的女兒文君與司馬相如私奔，卓王孫知道了也拿司馬相如沒辦法。

17. 御輪：古代婚禮的程式之一，新郎親自為新娘駕車。

18. 本：棵，株。

19. 徑尺：這裡指高度長到一尺。

20. 偏反者：語出古詩："唐棣之花，偏其反爾。"偏反形容花搖動的樣子，代指花。

21. "少府"句：白居易有詩句"少府無妻春寂寞，花開將爾當夫人"。少府，官名，白居易自稱。

串講

洛陽常大用愛好牡丹成癖，聽說曹州牡丹好，就非常嚮往，一次有事來到曹州，就借住在一家牡丹園裡。當時才二月份，牡丹還沒開花，等到牡丹含苞待放時，他的路費也快花光了，就典當了春衣，繼續等待花開。一日淩晨，常在花園見到一個女郎和一個老婦，傍晚又見到她們，偷偷一看，發現那女郎非常漂亮，覺得肯定是仙人，就貿然走上前，被老婦喝叱了一番，而女郎微笑着離開了。常有些害怕，又想念那女郎，思慮過度而生病了。一天半夜，那個老婦給他送來一罐湯，說是她家葛巾娘子親手調製的毒藥，他聽後先是害怕，旣而一想與其相思而病，不如喝藥而死算了，就喝了下去。喝完後，卻覺得渾身舒服，酣然睡去，第二天醒來，病竟然好像全好了。又一日，常終於再次在樹叢中遇到葛巾，正要說話，那老婦卻忽然過來了，葛巾就約他到她住的地方去。到了夜裡，常移梯登上南牆，卻發現牆那邊已放好梯子，來到葛巾所指的窗戶下，看見葛巾與一個素衣美人在下棋，只好返回，如此來回三次，還是沒見成面。第二天夜裡，終於順利進屋見了面，可是還沒說幾句話，突然有人來了，常就藏在牀下，進來一個女子把葛巾拉走了，常就拿起牀頭的水精如意離開了。常嚇得不敢再去，就等着葛巾來找如意。隔了一夜，葛巾果然來了，兩人就親熱起來，常發現葛巾渾身都是香氣。從此，葛巾三兩夜來一次，常沉湎其中，也不想回家了，錢花光了就準備把馬也賣了。葛巾知道後，就讓他在園子裡挖出一甕白銀，讓他全取走，他不願意，最後只勉強取走一半。一夜，葛巾告訴常，她聽到了一些風言風語，準備兩人一起逃走，就讓他先走。常才到家，卻發現葛巾的車正好已到他家門口了。後來，葛巾又把妹妹玉版招來嫁給了常的弟弟。一日，一夥強盜闖進常家，說有兩個要求，一要錢，二要見見兩個夫人，葛巾姊妹倆從容鎮定，自稱是天女下凡，強盜就被嚇跑了。兩年後，姊妹倆各生一子，才漸漸說出她們姓魏，母親被封為曹國夫人。常懷疑曹州並沒有姓魏的世家，也不敢多問，就託故再去曹州，發現葛巾所謂“曹國夫人”實指一株葛巾紫牡丹，常這才明白葛巾姊妹可能是花妖。姊妹倆知道常背後調查她們倆後，非常生氣，一起把兒子扔在地上，才一着地，兩個孩子就一下消失了，再看姊妹倆，也消失得渺無蹤影了。常悔恨不已。幾天後，在孩子墜落的地方長出了二株牡丹，一夜長高一尺，當年就開花，一紫一白，花朵大如盤，比起一般葛巾、玉版牡丹，花瓣尤其多。數年後，茂蔭成叢，而一移植到其他地方，就發生變異。從此，洛陽牡丹，天下無雙。

評析

本篇突出的藝術特點首先在於"轉筆"法的運用使情節結構呈現出曲折、變化之美。但明倫認為："此篇純用迷離閃爍、夭矯變幻之筆，不惟筆筆轉，直句句轉，字字轉矣"，"文忌直，轉則曲"，"文忌腐，轉則新"，"文忌板，轉則活"，"文忌淺，轉則深"，"求轉筆於此文，思過半矣"，"事則反覆離奇，文則縱橫詭變。觀書者即此而推求之，無有不深入之文思，無有不矯健之文筆矣"，可謂深得文心。常大用初遇葛巾，見而疑，疑而避，偷偷看了一眼後又想見，於是又回過頭來找。見面了，被喝叱而大懼，非常後悔自己的唐突，害怕葛巾的父兄來訓斥他，轉而又覺得葛巾並未生氣，如此心事重重，竟然生病了，但又慶幸並未見有人來訓斥他，心裡才稍微有些平靜，又"轉懼為想"，開始想見葛巾。如此，因害怕而生病，又因相思而"憔悴欲死"，真可謂"百轉千遍"，其複雜、微妙的感情變化，被表現得淋漓盡致。正"憔悴欲死"，又有人送來了葛巾親手調製的"鴆湯"，真是解鈴還需繫鈴人，心病還需心藥治，喝完後也就通體清爽起來了。終於見到獨自一人的葛巾，卻又"老嫗忽至"。第一晚赴約很順利地找到了約會的地點，卻又有其他人在場，終於沒能見成；第二晚赴約，正好葛巾一個人，可是才說幾句話，葛巾又被來人強拉走，真是一波未平一波又起，確像但明倫說的"不惟筆筆轉，直句句轉，字字轉矣"。又，作者在結構安排上極善用道具，似乎正是水精如意使常大用由被動（他去找葛巾）轉主動（葛巾來找他），同時又引出了另一女主人公玉版。當然，這種"句句轉，字字轉"的情節又不是為了曲折而曲折，而恰恰是為了表現人物心理與性格，在曲折的故事情節中，一個年輕書生對一個少女從相見到愛慕、鍾情的全部複雜的心理變化過程，被細緻入微、層次分明地勾畫出來了，而這一切幾乎全依靠人物自己的行動，而不仰仗作者的敘述，因此讓人感到真實可感，合情合理；同時戀愛中男主人公的誠惶誠恐與女主人公的從容不迫，兩種對比鮮明的性格，也隨之被充分表現出來了。

從人物形象上來說，男主人公常大用主要的性格特徵是"懷之專一"，小說開頭描寫道："時方二月，牡丹未華，惟徘徊園中，目注句萌，以望其拆。作《懷牡丹詩》百絕。未幾，花漸含苞，而資斧將匱；尋典春衣，流連忘返。"一個愛花之專、之深、之癡的書生形象，被栩栩如生地勾畫出來了，"懷之專一，鬼神可通，偏反者亦不可謂無情也"，正因此高貴的女主人公花精葛巾才被打動，她貌似偶然的出場，卻是在必然之中的。常大用這一性格特徵在後面一字一轉的曲折情節中，或許也是葛巾的考驗中，得到進一步的印證：他錢用光了，葛巾讓他在園子裡挖出一甕白銀，他先是不肯，後來只勉強取其半，這一描寫也可見其高雅的美好性格。女主人公主要的性格特徵是從容，這一特徵在嚇退大寇的舉動中有突出而充分的表現，評點家稱讚此舉動堪比諸葛亮的空城計。女主人公乃是作者創造出的花與人合一的形象，但明倫分析道："寫牡丹確是牡丹，移置別花而不得，合黃英、香玉二篇觀之，可知賦物之法。"比如小說開頭寫葛巾"宮妝豔絕"，是寫人，卻也是描摹牡丹花的富貴相，幾處寫葛巾的體香也是在寫牡丹花香襲人的特點。賦物而能傳其神，正是《聊齋》相關題材的巨大的藝術魅力所在，這些人與非人幻化出的美妙形象，並不以寓意、象徵取勝，而就以其本身的形神兼備的審美魅力勝，具有着較高的審美價值。本篇從“愛人”的角度來說，是悲劇，造成男主人公“悔恨不已”結局的原因乃是其“猜疑”，而這也正是造成古今中外許多愛情悲劇的重要原因之一：從本篇內部來看，葛巾送去“鴆湯”，常大用一飲而進，表明其不猜疑，這種不猜疑顯然也是她願以身相許的原因之一；從與同寫花精的《黃英》相比來看，男主人公馬子才的灑脫、不猜忌，使其與花精黃英得以白頭偕老。但從“愛花”的角度，本篇似又並非悲劇，“人”走了，“花”之種卻留下了，常大用又可謂得其所哉！

黃英

馬子才，順天人。世好菊，至才尤甚，聞有佳種，必購之，千里不憚。一日，有金陵客寓其家，自言其中表親有一二種，為北方所無。馬欣動，卽刻治裝，從客至金陵。客多方為之營求，得兩芽[1]，裹藏如寶。歸至中途，遇一少年，跨蹇從油碧車[2]，丰姿灑落。漸近與語，少年自言：“陶姓。”談言騷雅。因問馬所自來，實告之。少年曰：“種無不佳，培溉在人。”因與論藝菊之法。馬大悅，問：“將何往？”答云：“姊厭金陵，欲卜居於河朔[3]耳。”馬欣然曰：“僕雖固貧，茅廬可以寄榻。不嫌荒陋，無煩他適。”陶趨車前，向姊咨稟，車中人推簾語，乃二十許絕世美人也。顧弟言：“屋不厭卑，而院宜得廣。”馬代諾之，遂與俱歸。第南有荒圃，僅小室三四椽，陶喜，居之。日過北院，為馬治菊，菊已枯，拔根再植之，無不活。然家清貧，陶日與馬共飲食，而察其家似不舉火。馬妻呂，亦愛陶姊，不時以升斗餽卹[4]之。陶姊小字黃英，雅善談，輒過呂所，與共紉績。陶一日謂馬曰：“君家固不豐，僕日以口腹累知交，胡可為常！為今計，賣菊亦足謀生。”馬素介，聞陶言，甚鄙之，曰：“僕以君風流高士，當能安貧；今作是論，則以東籬為市井，有辱黃花矣。”陶笑曰：“自食其力不為貪，販花為業不為俗。人固不可苟求富，然亦不必務求貧也。”馬不語，陶起而出。自是，馬所棄殘枝劣種，陶悉掇拾而去。由此不復就馬寢食，招之始一至。未幾，菊將開，聞其門囂喧如市。怪之，過而窺焉，見市人買花者，車載肩負，道相屬也。其花皆異種，目所未睹。心厭其貪，欲與絕；而又恨其私祕佳本[5]，遂款其扉，將就誚讓。陶出，握手曳入。見荒庭半畝皆菊畦，數椽之外無曠土。劚[6]去者，則折別枝插補之；其蓓蕾在畦者，罔不佳妙，而細認之，皆向所拔棄也。陶入屋，出酒饌，設席畦側，曰："僕貧不能守清戒，連朝幸得微資，頗足供醉。"少間，房中呼"三郎"，陶諾而去。俄獻佳餚，烹飪良精。因問："貴姊胡以不字？"答云："時未至。"問："何時？"曰："四十三月。"又詰："何說？"但笑不言，盡歡始散。過宿，又詣之，新插者已盈尺矣。大奇之，苦求其術，陶曰："此固非可言傳；且君不以謀生，焉用此？"又數日，門庭略寂，陶乃以蒲席包菊，捆載數車而去。

踰歲，春將半，始載南中異卉而歸，於都中設花肆，十日盡售，復歸藝菊。問之去年買花者，留其根，次年盡變而劣，乃復購於陶。陶由此日富：一年增舍，二年起夏屋[7]。興作從心，更不謀諸主人。漸而舊日花畦，盡為廊舍。更於牆外買田一區，築墉[8]四周，悉種菊。至秋，載花去，春盡不歸。而馬妻病卒。意屬黃英，微使人風示之。黃英微笑，意似允許，惟專候陶歸而已。年餘，陶竟不至。黃英課[9]僕種菊，一如陶。得金益合商賈[10]，村外治膏田二十頃，甲第[11]益壯。忽有客自東粵來，寄陶生函信，發之，則囑姊歸馬。考其寄書之日，卽妻死之日；回憶園中之飲，適四十三月也，大奇之。以書示英，請問"致聘何所"。英辭不受采。又以故居陋，欲使就南第居，若贅焉。馬不可，擇日行親迎禮。黃英旣適馬，於間壁開扉通南第，日過課其僕。馬恥以妻富，恆囑黃英作南北籍，以防淆亂。而家所需，黃英輒取諸南第。不半歲，家中觸類皆陶家物。馬立遣人一一齎[12]還之，戒勿復取。未浹旬，又雜之。凡數更，馬不勝煩。黃英笑曰："陳仲子[13]毋乃勞乎？"馬慚，不復稽，一切聽諸黃英。鳩工庀料[14]，土木大作，馬不能禁。經數月，樓舍連亙，兩第竟合為一，不分疆界矣。然遵馬教，閉門不復業菊，而享用過於世家。馬不自安，曰："僕三十年清德，為卿所累。今視息人間[15]，徒依裙帶[16]而食，真無一毫丈夫氣矣。人皆祝富，我但祝窮耳！"黃英曰："妾非貪鄙；但不少致豐盈，遂令千載下人，謂淵明貧賤骨，百世不能發迹，故聊為我家彭澤解嘲耳。然貧者願富為難，富者求貧固亦甚易。牀頭金任君揮去之，妾不靳也。"馬曰："捐他人之金，抑亦良醜。"英曰："君不願富，妾亦不能貧也。無已，析君居：清者自清，濁者自濁，何害？"乃於園中築茅茨，擇美婢往侍馬。馬安之。然過數日，苦念黃英。招之不肯至，不得已反就之。隔宿輒至，以為常。黃英笑曰："東食西宿，廉者當不如是。"馬亦自笑，無以對，遂復合居如初。會馬以事客金陵，適逢菊秋。早過花肆，見肆中盆列甚煩[17]，款朵佳勝，心動，疑類陶製。少間，主人出，果陶也。喜極，具道契闊，遂止宿焉。要之歸，陶曰："金陵，吾故土，將婚於是。積有薄資，煩寄吾姊。我歲杪當暫去。"馬不聽，請之益苦。且曰："家幸充盈，但可坐享，無須復賈。"坐肆中，使僕代論價，廉其直，數日盡售。逼促囊裝，賃舟遂北。入門，則姊已除舍，牀榻裀褥皆設，若預知弟也歸者。陶自歸，解裝課役，大修亭園，惟日與馬共棋酒，更不復結一客。為之擇婚，辭不願。姊遣二婢侍其寢處，居三四年，生一女。陶飲素豪，從不見其沉醉。有友人曾生，量亦無對。適過馬，馬使與陶相較飲。二人縱飲甚歡，相得恨晚。自辰以迄四漏，計各盡百壺。曾爛醉如泥，沉睡座間。陶起歸寢，出門踐菊畦，玉山傾倒，委衣於側，即地化為菊，高如人；花十餘朵，皆大於拳。馬駭絕，告黃英。英急往，拔置地上，曰："胡醉至此！"覆以衣，要馬俱去，戒勿視。既明而往，則陶臥畦邊。馬乃悟姊弟皆菊精也，益愛敬之。而陶自露迹，飲益放，恆自折柬招曾，因與莫逆。值花朝，曾乃造訪，以兩僕舁藥浸白酒一罈，約與共盡。罈將竭，二人猶未甚醉。馬潛以一瓶續入之，二人又盡之。曾醉已憊，諸僕負之以去。陶臥地，又化為菊。馬見慣不驚，如法拔之，守其旁以觀其變。久之，葉益憔悴。大懼，始告黃英。英聞駭曰："殺吾弟矣！"奔視之，根株已枯。痛絕，掐其梗，埋盆中，攜入閨中，日灌溉之。馬悔恨欲絕，甚怨曾。越數日，聞曾已醉死矣。盆中花漸萌，九月既開，短幹粉朵，嗅之有酒香，名之"醉陶"，澆以酒則茂。後女長成，嫁於世家。黃英終老，亦無他異。

異史氏曰："青山白雲人，遂以醉死，世盡惜之，而未必不自以為快也。植此種於庭中，如見良友，如對麗人，不可不物色之也。”

注釋

1. 芽：棵、株的意思，專對草木幼苗而言。
2. 油碧車：華貴有帷幕的車。
3. 河朔：黃河以北地區。
4. 餽卹：即“饋恤”，饋贈、照顧的意思。
5. 佳本：良種。
6. 劚：同“斸”，砍的意思。
7. 夏屋：大屋。
8. 墉：土牆。
9. 課：督率，考核。
10. 合商賈：與商人合夥。
11. 甲第：大房子。
12. 賫：以物送人的意思。
13. 陳仲子：典出《孟子》，陳仲子是戰國時齊國著名的廉士，傳說他不吃不義之食，有一次吃了別人送給他哥哥的鵝肉，知道後又吐了出來，孟子認為這樣的行為是矯揉造作。
14. 庀料：指準備建築材料，庀是備具的意思。
15. 視息：眼睛看，鼻子呼吸，指生存，視息人間有白白地、無意義地活着的意思。
16. 裙帶，指女人。
17. 煩，同繁，多的意思。

串講

順天馬子才特別喜歡養菊，一聽說有好菊種，哪怕在千里之外，也一定要去買回來。一日，有個金陵客告訴他，他們那裡有幾種菊花是北方所沒有的，他就跟着客人到金陵買了兩種。在回來的途中，遇到一個少年，自稱姓陶，陶與姐姐正要從金陵移居北方，馬就請他們到他家住。馬安排他們住在南院，陶每日去北院為馬種菊，菊枯了，他就連根拔出，再埋進土裡，就又都活過來了。陶家看來比較窮，他每日都與馬一起吃喝，家裡似乎從不做飯。陶的姐姐叫黃英，經常與馬妻來往。一日，陶對馬說，不能總是吃他家的飯，自己準備賣菊謀生。馬素來耿介，對陶的做法很是鄙視。從此，馬所扔棄的殘枝劣種，陶全都拾掇走，也不經常到馬家這裡吃喝了，偶爾請他，他才過來一次。不久，菊花將開，馬聽見南院喧鬧得像集市，感到很奇怪，過去一看，發現許多人在買花，而所買花的品種都是他從未見過的。馬心裡討厭陶貪財，想與他絕交，而又恨他暗藏好花種不告訴自己，就準備去責怪他。馬被陶請到庭院裡，發現花畦裡還只是蓓蕾的菊花，全都非常好看，而細細辨認，卻全都是馬以前所拔掉拋棄的殘枝劣種。陶擺酒招待馬，馬問黃英怎麼不嫁人，陶說時候不到，問什麼時候，答“四十三月”。馬想向陶學菊花培植方法，陶說那只是謀生的手段，馬沒有必要學。問那些去年買花的，都說買回去的花留下根第二年再種，全都變成劣質品種了，所以還要到陶這裡來重買。陶由此越來越富，田產越來越多。秋天，陶裝載着花離開，到春末也沒回來。後來，馬妻病故，馬想娶黃英，黃英似乎並不反對，只等陶回來，可是等了一年多也沒回來。忽然有一天，有人捎來陶的信，讓姐姐嫁給馬，馬一看，寄信之日，正是妻死之日，回憶上次與陶飲酒，正好“四十三月”，馬感到非常奇怪。婚後，黃英在南院、北院之間開了一個門，馬不想攀附妻子的富有，就總是囑咐黃英把南北院的東西分清楚，而黃英卻總是從南院拿東西過來用，不到半年，家中全是陶家的東西了。馬立即派人把陶家的東西分出來，全都送回去，告誡不要再拿回來，可是沒過幾天，陶家的東西又混雜其中了，如此這番折騰了好幾回，馬不勝其煩，最後只好聽之任之。黃英大興土木，數月之間，蓋起許多房子，南北院竟然合二為一了。馬很不安，說自己只要清譽，不要富貴，黃英就想辦法在園中蓋了一間茅屋，讓他住進去。馬開始很安心，可是過了數日又想念黃英，讓她來她不來，只好隔夜就回去，折騰了幾次，最後只好重又搬回來住。後來，馬有事到金陵，又遇到了陶，就堅持請他回去。回來後，陶整天與馬下棋喝酒。陶酒量很大，有個曾生酒量也特別大，馬就讓他們倆較量酒量。陶喝醉後跌倒在花叢中，竟化為菊花，黃英把這菊花拔出來放在地上，然後用衣服蓋上，讓馬千萬不要看它，馬第二天再去看，發現陶躺在花畦旁邊，這才知道姐弟倆都是菊精。後來，又與曾喝酒，陶再次喝醉，又倒地化為菊花，馬見慣不驚，學着黃英把這菊花拔出土，守在旁邊想看它怎樣再變成人，結果根株枯萎，無法再變成人了，馬悔恨不已，聽說曾生也因醉而死。黃英把陶所變菊花的枯梗插在盆中，後來慢慢地又開花了，嗅着竟然有酒香，就稱之為“醉陶”，這花只要用酒澆灌就長得特別好。

評析

本篇通過人物之間的衝突來揭示各自性格特徵、塑造相映成趣的藝術形象。第一次圍繞“賣菊”在馬生與陶生之間形成衝突，先寫陶生菊藝之高，“日過北院，為馬治菊，菊已枯，拔根再植之，無不活”，又寫陶家清貧，接着寫陶生要賣菊謀生，馬生對這種想法很是鄙視，陶生笑言：“自食其力不為貪，販花為業不為俗。人固不可苟求富，然亦不必務求貧也。”這話說得顯然很合理，因為馬生聽後只能“不語”。從此，陶生就開始經營自己的產業了。菊花將開的時候，來陶生家買花的人非常多，馬生一看，陶家菊花竟然都是他從未見過的優異品種，“心厭其貪，欲與絕；而又恨其私祕佳本，遂款其扉”，由此可見其微妙複雜的心態：按自己素來耿介的性格，他會不再理會陶生了，但出於愛菊的喜好，覺得陶生“私祕佳本”，他不可能不去打探個究竟，因為他“聞有佳種，必購之，千里不憚”，何況近在咫尺！接着發現並沒有什麼“私祕佳本”，“大奇之，苦求其術”，兩人的衝突消失了，原因有二：一是馬生發現陶生並沒有對自己“私祕佳本”，二是陶生神奇的菊藝對馬生太有吸引力了。由篇中對陶生經營之道的具體描寫可知，作者對現實生活中花農的種植、經營等情況還是非常熟悉的。第二次圍繞“置產”在馬生與黃英之間形成衝突，在姐弟倆的經營下，陶家已非常富有，馬生要娶黃英，“英辭不受采”即不要馬生的訂婚聘禮，“又以故居陋，欲使就南第居，若贅焉”，馬生不同意，黃英只好打通南北兩院，“馬恥以妻富，恆囑黃英作南北籍，以防淆亂”，可是家用所需，黃英總是從南院陶家取，不到半年，馬家到處都是陶家的東西了，馬生立即派人把東西全部送回陶家，關照千萬不要再拿回來了，可是不幾天，陶家的東西又混雜進來了，馬生再令送回，如此折騰好幾個來回，最終只能“一切聽諸黃英”。接着黃英大興土木，數月後，“兩第竟合為一，不分疆界矣”，這使馬生“不自安”，黃英就想了一個辦法，在豪宅環繞的園中蓋了一處茅草屋讓馬生住進去，於是“馬安之”，“然過數日，苦念黃英。招之不肯至，不得已反就之。隔宿輒至，以為常。黃英笑曰：‘東食西宿，廉者當不如是。’馬亦自笑，無以對，遂復合居如初”。這一情節非常幽默，在黃英的兩次笑中，兩人的衝突化為烏有。第一次衝突因為愛“花”而化解，第二次衝突因為愛“人”而化解，而黃英本是“花”與“人”合一的精靈，馬生之愛可謂是一以貫之的，由此也可見作者結構安排之巧妙。在兩次並不激烈而多有幽默色彩的衝突中，馬生對菊花“懷之專一”的性格被充分表現出來了，而黃英精明能幹、善解人意而不失幽默的性格也隨之被表現出來了。本篇另一藝術特點，可以說在對菊精的描寫中，能使人與菊合一，可謂妙合無垠。篇頭黃英對弟弟說：“屋不厭卑，而院宜得廣”，但明倫分析道：“是菊花性情，是菊花身份。”黃英所言本是一句非常自然的家常話，但確又無意中顯出“菊花性情，菊花身份”，人菊合一寫得毫不勉強；篇中的兩次衝突，在馬生一以貫之的愛中，菊與人合一了；篇末，陶生因醉酒而暴露出“菊花性情，菊花身份”，可以說正是“酒”才使人與菊的交融達到了最高程度，其中已不知是在寫菊還是在寫人了！評點家何守奇分析道：“菊堪偕隱，計亦誠良。但必以列花成肆，甲第連雲者為俗，則幾於固矣。陶弟託命寒香，寄情麴櫱，彭澤二致，兼而有之。乃至順化委形，猶存酒氣，是菊是人，幾不可辨，名曰‘醉陶’，風斯遠矣。”其實，馬生之不足，不僅在“固”，而且在“隔”，即使在對菊花的至愛中，人與菊也是相隔的，而菊人“不隔”才是天人合一的最高境界。能此，方得陶淵明真精神！

晚霞

五月五日，吳越間有鬬龍舟之戲：刳木為龍，繪鱗甲，飾以金碧；上為雕甍朱檻，帆旌皆以錦繡；舟末為龍尾，高丈餘，以布索引木板下垂，有童坐板上，顛倒滾跌，作諸巧劇。下臨江水，險危欲墮。故其購是童也，先以金啗其父母，預調馴之，墮水而死，勿悔也。吳門[1]則載美妓，較不同耳。鎮江有蔣氏童阿端，方七歲，便捷奇巧，莫能過，聲價益起，十六歲猶用之。至金山下，墮水死。蔣媼止此子，哀鳴而已。阿端不自知死，有兩人導去，見水中別有天地；回視，則流波四繞，屹如壁立。俄入宮殿，見一人兜牟坐[2]。兩人曰：「此龍窩君也。」便使拜伏。龍窩君顏色和霽，曰：「阿端伎巧可入柳條部。」遂引至一所，廣殿四合。趨上東廊，有諸少年，出與為禮，率十三四歲。即有老媼來，眾呼解姥。坐令獻技。已，乃教以《錢塘飛霆》之舞，《洞庭和風》之樂。但聞鼓鉦喤聒[3]，諸院皆響；既而諸院皆息。姥恐阿端不能即嫻，獨絮絮調撥[4]之；

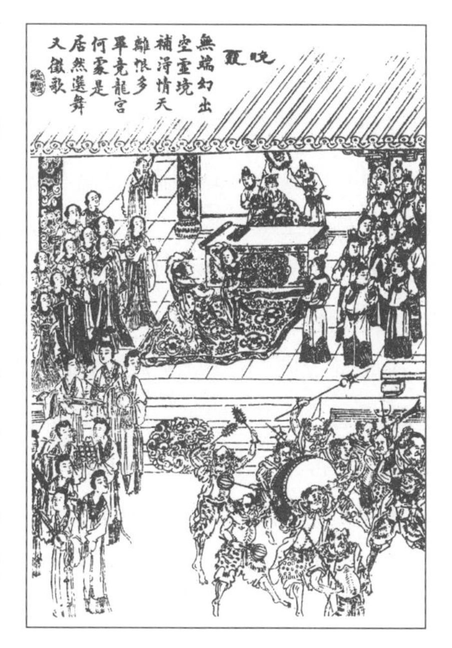

而阿端一過，殊已了了。姥喜曰：“得此兒，不讓晚霞矣！”明日，龍窩君按[5]部，諸部畢集。首按夜叉部，鬼面魚服，鳴大鉦，圍四尺許，鼓可四人合抱之，聲如巨霆，叫噪不復可聞。舞起，則巨濤洶湧，橫流空際，時墮一點星光，及著地消滅。龍窩君急止之，命進乳鶯部，皆二八姝麗，笙樂細作，一時清風習習，波聲俱靜，水漸凝如水晶世界，上下通明。按畢，俱退立西墀下。次按燕子部，皆垂髫人。內一女郎，年十四五已來，振袖傾鬟，作《散花舞》；翩翩翔起，衿袖襪履間，皆出五色花朵，隨風颺下，飄泊滿庭。舞畢，隨其部亦下西墀。阿端旁睨，雅愛好之，問之同部，即晚霞也。無何，喚柳條部。龍窩君特試阿端。端作前舞，喜怒隨腔，俛仰中節。龍窩君嘉其惠悟，賜五文袴褶[6]，魚鬚金束髮[7]，上嵌夜光珠。阿端拜賜下，亦趨西墀，各守其伍。端於眾中遙注晚霞，晚霞亦遙注之。少間，端逡巡出部而北，晚霞亦漸出部而南，相去數武，而法嚴不敢亂部，相視神馳而已。既按蛺蝶部，童男女皆雙舞，身長短、年大小、服色黃白，皆取諸同。諸部按已，魚貫而出。柳條在燕子部後，端疾出部前，而晚霞已緩滯在後。回首見端，故遺珊瑚釵，端急內袖中。既歸，凝思成疾，眠餐頓廢。解姥輒進甘旨，日三四省，撫摩殷切，病不少瘥。姥憂之，罔所為計，曰：“吳江王壽期已促，且為奈何！”薄暮，一童子來，坐榻上與語，自言：“隸蛺蝶部。”從容問曰：“君病為晚霞否？”端驚問：“何知？”笑曰：“晚霞亦如君耳。”端悽然起坐，便求方計。童問：“尚能步否？”答云：“勉強尚能自力。”童挽出，南啟一戶，折而西，又闢雙扉。見蓮花數十畝，皆生平地上，葉大如席，花大如蓋，落瓣堆梗下盈尺。童引入其中，曰：“姑坐此。”遂去。少時，一美人撥蓮花而入，則晚霞也。相見驚喜，各道相思，略述生平。遂以石壓荷蓋令側，雅可幛蔽；又勻鋪蓮瓣而藉[8]之，忻與狎寢。既訂後約，日以夕陽為候，乃別。端歸，病亦尋愈。由此兩人日一會於蓮畝。過數日，隨龍窩君往壽吳江王。稱壽已，諸部悉還，獨留晚霞及乳鶯部一人在宮中教舞。數月更無音耗，端悵惘若失。惟解姥日往來吳江府，端託晚霞為外妹[9]，求攜去，冀一見之。留吳江門下數日，宮禁嚴森，晚霞苦不得出，怏怏而返。積月餘，癡想欲絕。一日，解姥入，戚然相弔曰：“惜乎！晚霞投江矣！”端大駭，涕下不能自止。因毀冠裂服，藏金珠而出，意欲相從俱死。但見江水若壁，以首力觸不得入。念欲復還，懼問冠服，罪將增重。意計窮蹙，汗流浹踵[10]。忽睹壁下有大樹一章[11]，乃猱攀而上，漸至端杪，猛力躍墮，幸不沾濡，而竟已浮水上。不意之間，恍睹人世，遂飄然泅去。移時，得岸，少坐江濱，頓思老母，遂趁舟而去。抵里，四顧居廬，忽如隔世。次且至家，忽聞窗中有女子曰：“汝子來矣。”音聲甚似晚霞。俄，與母俱出，果霞。斯時兩人喜勝於悲；而媼則悲疑驚喜，萬狀俱作矣。初，晚霞在吳江，覺腹中震動，龍宮法禁嚴，恐旦夕身娩，橫遭撻楚，又不得一見阿端，但欲求死，遂潛投江水。身泛起，沉浮波中，有客舟拯之，問其居里。晚霞故吳名妓，溺水不得其屍，自念衏院[12]不可復投，遂曰：“鎮江蔣氏，吾壻也。”客因代賃[13]扁舟，送諸其家。蔣媼疑其錯誤，女自言不誤，因以其情詳告媼。媼以其風格韻妙，頗愛悅之。第慮年太少，必非肯終寡也者。而女孝謹，顧家中貧，便脫珍飾售數萬。媼察其志無他，良喜。然無子，恐一旦臨蓐，不見信於戚里，以謀女。女曰："母但得真孫，何必求人知。"媼亦安之。會端至，女喜不自已。媼亦疑兒不死；陰發兒塚，骸骨俱存，因以此詰端。端始爽然自悟；然恐晚霞惡其非人，囑母勿復言。母然之。遂告同里，以為當日所得非兒屍，然終慮其不能生子。未幾，竟舉一男，捉之無異常兒，始悅。久之，女漸覺阿端非人，乃曰："胡不早言！凡鬼衣龍宮衣，七七魂魄堅凝，生人不殊矣。若得宮中龍角膠，可以續骨節而生肌膚，惜不早購之也。"端貨其珠，有賈胡[14]出貲百萬，家由此巨富。值母壽，夫妻歌舞稱觴，遂傳聞王邸。王欲強奪晚霞。端懼，見王自陳："夫婦皆鬼。"驗之無影而信，遂不之奪。但遣宮人就別院，傳其技。女以龜溺毀容，而後見之。教三月，終不能盡其技而去。

注釋

1. 吳門：蘇州的別名。
2. 兜牟坐：戴着頭盔坐着，兜牟指古代戰爭時用的一種皮或鐵製的帽子。
3. 喤聒：鐘鼓喧雜的聲音，喤指鼓聲。
4. 調撥：指點，教導。
5. 按：巡察的意思。
6. 五文袴褶：五文即五彩，袴褶指古代一種騎馬用的褲子連着上衣的軍服。
7. 束髮，一種能把頭髮束起來的裝飾物。
8. 藉：坐在上面，睡在上面。
9. 外妹：同母異父的妹妹。
10. 汗流浹踵：汗水濕透了腳後根，比汗流浹背還厲害。

11. 一章：一棵，專指大樹而言。

12. 衏院：也作行院，指妓院。

13. 貰：本指賒借，這裡指僱用的意思。

14. 賈胡：指外國商人。

串講

這是個頗具懸念的愛情故事。在吳越間賽龍舟遊戲中，往往讓一個男童在船尾做各種表演，這樣做非常危險，表演的男童經常會墮水而死。鎮江蔣阿端才七歲就會做這種表演，到十六歲還在表演，一次卻在金山墮船而死。阿端不知道自己死了，有兩個人把他帶到水中龍窩君的宮殿，龍窩君根據阿端的表演技巧，把他編入柳條部。於是，解姥開始教他歌舞，他一學就會，解姥高興地說："這孩子不會比晚霞差了！"第二天，龍窩君巡察各部，先是夜叉部、乳鶯部表演，接着是燕子部表演，其中有一個十四五歲的女郎，舞跳得極好，阿端在旁邊看着，非常喜歡她，一打聽，她就是晚霞。不久，傳喚柳條部上去表演，龍窩君特別想試試阿端，結果阿端舞跳得非常好，龍窩君就賞賜給他很多東西。其間，阿端與晚霞不斷互相張望，退場時，晚霞贈給阿端一個珊瑚釵。阿端回來後相思成疾，不吃不睡。一天傍晚，來了一個童子，把阿端帶到一處蓮花叢，在那裡他見到了晚霞，此後，他們就天天到那裡約會，阿端的病也好了。過了數日，龍窩君帶着各部去給吳江王祝壽，祝完壽，各部的人都回來了，晚霞卻被留在宮中教舞，幾個月一直沒有消息，阿端悵惘若失。只有解姥每日往來吳江府，阿端就假託晚霞是自己的妹妹，跟解姥去了一次，可是宮禁森嚴，沒能見成晚霞。後來傳來消息，晚霞投江死了，阿端痛不欲生，也猛地投江，不知不覺中竟浮出江面，他就游到江岸，趕回家。當他恍恍惚惚回到家時，卻發現晚霞已在家中。原來，晚霞在吳江府感覺到自己懷孕快要臨產，怕被發現，又見不到阿端，才偷偷投江，後來被人救起，就讓人把她送到了蔣家。阿端的母親見兒子回來了，很喫驚，暗地裡挖開兒子的墓，卻發現屍骨俱存，阿端這才知道自己早已死了。不久，晚霞生了個男孩。

評析

本篇結構設置非常精巧、嚴密。開篇主要寫龍舟賽中的男童，中間插入一句"吳門則載美妓，較不同耳"，因為只是講兩地龍舟賽之不同，這一穿插看似很自然，其實卻是作者有意埋下的伏筆，以引出女主人公吳門美妓晚霞，後面寫阿端與晚霞在龍宮中的遭遇，並未介紹晚霞的身世經歷，將近篇末才點出"晚霞故吳名妓"，才與此前後呼應。但明倫認為這裡使用了"雙提法"："敘阿端之死，先插入吳門載美妓一筆，仍是暗用雙提法。"也即表面是單寫阿端，實際上也同時在寫晚霞。篇頭即寫阿端墮水而死，篇末才交代晚霞"溺水不得其屍"，兩人的經歷是非常相似的，接下來寫阿端如何進龍宮的，可以想見晚霞進龍宮的情形也正與此相同。下面寫阿端學藝很快，老嫗說："得此兒，不讓晚霞矣。"也是"雙提法"，寫阿端聰慧，也在寫晚霞聰穎，此處也可謂運用了"側筆"法，先通過老嫗之語寫晚霞，然後在龍窩君按部中正面寫晚霞舞藝之高超、美妙。龍窩君按部，各部出場的順序是：夜叉部、乳鶯部、燕子部、柳條部、蛺蝶部，前兩部的描寫是為了烘托晚霞所在的燕子部和阿端所在的柳條部，燕子部、柳條部一前一後，所以晚霞與阿端相看的距離較近，其後尾隨的是蛺蝶部，後來傳遞消息使兩人相會的童子正"隸蛺蝶部"，由此安排也可見作者文心之細。篇中寫晚霞滯留吳江王處，阿端"悵惘若失"、"怏怏而返”、“癡想欲絕”、“毀冠裂服”、“念欲復還，懼問冠服，罪將增重”最後投江，篇末才交代“初，晚霞在吳江，覺腹中震動，龍宮法禁嚴，恐旦夕身娩，橫遭撻楚，又不得一見阿端，但欲求死，遂潛投江水”，兩人的經歷與心路歷程也是完全一樣的，也可稱為“雙提法”。全篇就是如此一一呼應、絲絲入扣。全篇又可以說以“技”為中軸線，男女主人公的遭遇皆是圍繞這一中軸線展開的：兩人皆因技墮水而死，因技而相遇、相結合，又因技而相分離，最後因技而再次投江；篇頭寫阿端因技而墮水，篇末寫晚霞因技而毀容，亦見前後呼應之妙。本篇又是通過四幅不同色調的畫面串接起來的：江上賽舟熱鬧、宮廷樂舞濃豔、花叢野合明麗、農家團圓溫馨。這其中蓮花叢中野合圖描寫得非常純淨、優美，可見作者並不將男女之間的正常情慾視為不潔（出污泥而不染之蓮，於此當也有隱喻作用）。

王桂庵

王樨，字桂庵，大名世家子。適南遊，泊舟江岸。鄰舟有榜人[1]女，繡履其中，風姿韻絕。王窺既久，女若不覺。王朗吟“洛陽女兒對門居”，故使女聞。女似解其為己者，略舉首一斜瞬之，俛首繡如故。王神志益馳，以金一錠投之，墮女襟上；女拾棄之，金落岸邊。王拾歸，益怪之，又以金釧擲之，墮足下；女操業不顧。無何，榜人自他[2]歸，王恐其見釧研詰，心急甚；女從容以雙鈎覆蔽之。榜人解纜逕去。王心情喪惘，癡坐凝思。時王方喪偶，悔不卽媒定之。乃詢舟人，皆不識其何姓。返舟急追之，杳不知其所往。不得已，返舟而南。務畢[3]，北旋，又沿江細訪，並無音耗。抵家，寢食皆縈念之。踰年，復南，買舟江際，若家焉。日日細數行舟，往來者帆楫皆熟，而囊舟殊杳。居半年，貲罄而歸。行思坐想，不能少置。一夜，夢至江村，過數門，見一家柴扉南向，門內疏竹為籬，意是亭園，逕入。有夜合[4]一株，紅絲滿樹。隱念：詩中“門前一樹馬纓

花”，此其是矣。過數武，葦笆光潔。又入之，見北舍三楹，雙扉闔焉。南有小舍，紅蕉蔽窗。探身一窺，則椸架[5]當門，罥畫裙其上，知為女子閨闥，愕然卻退；而內亦覺之，有奔出瞰客者，粉黛微呈，則舟中人也。喜出非望，曰：“亦有相逢之期乎！”方將狎就，女父適歸，倏然驚覺，始知是夢。景物歷歷，如在目前。祕之，恐與人言，破此佳夢。又年餘，再適鎮江。郡南有徐太僕，與有世誼，招飲。信馬而去，誤入小村，道途景象，彷彿平生所歷。一門內，馬纓一樹，夢境宛然。駭極，投鞭而入。種種物色，與夢無別。再入，則房舍一如其數。夢既驗，不復疑慮，直趨南舍，舟中人果在其中。遙見王，驚起，以扉自幛，叱問：“何處男子？”王逡巡間，猶疑是夢。女見步趨甚近，閛然扃戶。王曰：“卿不憶擲釧者耶？”備述相思之苦，且言夢徵。女隔窗審其家世，王具道之。女曰：“既屬宦裔，中饋必有佳人，焉用妾？”王曰：“非以卿故，婚娶固已久矣！”女曰：“果如所云，足知君心。妾此情難告父母，然亦方命[6]而絕數家。金釧猶在，料鍾情者必有耗問耳。父母偶適外戚，行且[7]至。君姑退，倩冰委禽，計無不遂；若望以非禮成耦，則用心左矣。”王倉卒欲出。女遙呼王郎曰：“妾芸娘，姓孟氏。父字江蘺。”王記而出。罷筵早返，謁江蘺。江迎入，設坐籬下。王自道家閥，即致來意，兼納百金為聘。翁曰：“息女已字矣。”王曰：“訊之甚確，固待聘耳，何見絕之深？”翁曰：“適間所說，不敢為誑。”王神情俱失，拱別而返。當夜輾轉，無人可媒。向欲以情告太僕，恐娶榜人女為先生笑；今情急，無可為媒，質明，詣太僕，實告之。太僕曰：“此翁與有瓜葛，是祖母嫡孫，何不早言？”王始吐隱情。太僕疑曰：“江蘺固貧，素不以操舟為業，得毋誤乎？”乃遣子大郎詣孟，孟曰：“僕雖空匱，非賣婚者。曩公子以金自媒，諒僕必為利動，故不敢附為婚姻。既承先生命，必無錯謬。但頑女頗恃嬌愛，好門戶輒便拗卻，不得不與商榷，免他日怨婚也。”遂起，少入而返，拱手一如尊命，約期乃別。大郎復命，王乃盛備禽妝，納采於孟，假館太僕之家，親迎成禮。居三日，辭岳北歸。夜宿舟中，問芸娘曰：“向於此處遇卿，固疑不類舟人子。當日泛舟何之？”答云：“妾叔家江北，偶借扁舟一省視耳。妾家僅可自給，然儻來物頗不貴視之。笑君雙瞳如豆，屢以金貲動人。初聞吟聲，知為風雅士，又疑為儇薄子作蕩婦挑之也。使父見金釧，君死無地矣。妾憐才心切否？”王笑曰：“卿固黠甚，然亦墮吾術矣！”女問：“何事？”王止而不言。又固詰之，乃曰：“家門日近，此亦不能終祕。實告卿：我家中固有妻在，吳尚書女也。”芸娘不信，王故莊其詞以實之。芸娘色變，默移時，遽起，奔出；王躧履追之，則已投江中矣。王大呼，諸船驚鬧，夜色昏濛，惟有滿江星點而已。王悼痛終夜，沿江而下，以重價覓其骸骨，亦無見者。邑邑而歸，憂痛交集。又恐翁來視女，無詞可對。有姊丈官河南，遂命駕造之，年餘始歸。途中遇雨，休裝[8]民舍，見房廊清潔，有老嫗弄兒廈間。兒見王入，卽撲求抱，王怪之。又視兒秀婉可愛，攬置膝頭，嫗喚之，不去。少頃雨霽，王舉兒付嫗，下堂趣裝。兒啼曰：“阿爹去矣！”嫗恥之，呵之不止，強抱而去。王坐待治任，忽有麗者自屏後抱兒出，則芸娘也。方詫異間，芸娘罵曰：“負心郎！遺此一塊肉，焉置之？”王乃知為己子。酸來刺心，不暇問其往迹，先以前言之戲，矢日自白。芸娘始反怒為悲。相向涕零。先是，第主莫翁，六旬無子，攜媼往朝南海[9]。歸途泊江際，芸娘隨波下，適觸翁舟。翁命從人拯出之，療控[10]終夜，始漸甦。翁媼視之，是好女子，甚喜，以為己女，攜歸。居數月，欲為擇壻，女不可。踰十月，生一子，名曰寄生。王避雨其家，寄生方周歲也。王於是解裝，入拜翁媼，遂為岳壻。居數日，始舉家歸。至，則孟翁坐待已兩月矣。翁初至，見僕輩情詞恍惚，心頗疑怪；旣見始共歡慰。歷述所遭，乃知其枝梧[11]者有由也。

注釋

1. 榜人：船家，舟子。
2. 他：這裡指別處。
3. 務畢：事情辦完。
4. 夜合：即馬纓花。
5. 椸架：衣架。
6. 方命：違命。
7. 行且：就要，不久將。
8. 休裝：卸下行李來休息。
9. 朝南海：朝拜普陀山，據說觀音菩薩曾在普陀山修道。
10. 控：指用頭朝下、腳朝上的辦法讓溺水的人把腹腔內的水吐出來。
11. 枝梧：又作“支吾”，敷衍塞責的意思。

串講

這是個一波三折的愛情故事。王桂庵南遊，停船靠在江岸，看見鄰近船上有個船家女在繡鞋，想挑逗她，就扔去一錠金子，卻被她拾起來就扔掉。又扔過去一件金釧，落在她腳下，她還是看也不看，繼續做事。不久，船家回來了，王正擔心他發現那金釧，那女子卻從容用腳遮蓋住了。那時王才喪偶，船離開了，他才後悔沒有向那船家求婚，向別人打聽，卻都不知道那船家姓什麼，急忙乘船去追，卻再也找不到了。後來沿江仔細打聽，還是沒有什麼消息，一年後，他就在那江邊買了一條船，以船為家住在那裡，天天察訪，然而還是沒有發現那條船。住了半年，錢花光了，只好回去。一夜，王做夢到了一個江村，在一戶人家見到了那船家女，正準備親熱，女的父親正好回來了，他一下子嚇醒過來，才知道是個夢。又過了一年多，王再次南遊，朋友徐太僕請他去喝酒，他騎馬誤闖進一個小村子，途中的景象，竟然與他曾夢見的景象一模一樣，最後終於找到了那個船家女，王把自己的家世告訴了她，備述相思之苦，女子還保存着那金釧，為了等他，好幾家求婚，都被她一一拒絕了。她姓孟，名芸娘，讓王回去正式來求婚。王赴完宴早早返回，拜訪孟父，送上聘禮百金，孟父卻說女兒已與別人訂婚。王只好請徐太僕幫忙，才知道孟家與徐有親戚關係。徐派兒子去孟家打聽，原來，孟父對王拿着金子自己給自己作媒很不滿意，既然徐來作媒，與芸娘商量，也就答應了婚事。婚後，夫妻倆乘船北歸，在船上，芸娘才告訴王，他們第一次見面時，她正租借一條船去看望叔叔。王開玩笑騙芸娘說，其實自己家中早已有妻子，芸娘信以為真，跳進江中，眾人都幫着找，可是沒找到。王沿江而下，以重金尋找芸娘屍體，還是沒有找到。王回到家後，憂痛交集，又怕孟父來看望女兒，就躲到河南，一年多才回家。途中碰上下雨，在一戶人家避雨時，竟然見到了帶着兒子的芸娘，急忙發誓解釋，先前所說純粹只是玩笑話。原來是這家老夫婦救了芸娘，王於是拜老夫婦倆為岳父母，住了幾天後，全家才往回趕。到家發現，孟父已在王家等了他們兩個月了。

評析

本篇的藝術特點首先在於使用“蓄筆”法而使情節曲折有致，同時曲折的情節又與人物性格的刻畫緊密聯繫在一起。但明倫認為《葛巾》篇用的是“轉筆”，此篇用的則是“蓄筆”，兩者都可謂“曲筆”，文筆曲折有致是其共同點，不同在於“轉筆”是“句法”，而“蓄筆”則是“篇法”，使篇章結構更富於節奏感。但氏分析道：“蓄字訣與轉筆相類，而實不同，愈蓄則文勢愈緊，愈伸，愈矯，愈陡，愈縱，愈捷：蓋轉以句法言之，蓄則統篇法言也”，“解此一訣，為文可免平庸、直率、生硬、軟弱之病”，所謂“蓄筆”正是在一伸一縮、一弛一張中形成結構上的節奏感的。本篇開頭王生朗誦“洛陽女兒對門居”，芸娘只是斜視了他一眼，這是一伸；而芸娘拾起金錠扔了，不予理睬，是一縮；榜人回來了，芸娘急忙掩蓋王生扔過去的金釧，似有意，這是一伸，可是船卻馬上離開了，這又是一縮；王生沿江細訪卻沒有打聽到任何消息，則是再縮；一年後王生買船再次尋找芸娘，又經半年，錢花光了，可是還是沒有找到，再縮。至此，一縮再縮，行文之勢可以說已蓄足了；從人物形象來說，文之一伸一縮之勢，也恰是王生心理變動的軌迹與節奏，此一縮再縮恰正是王生的一挫再挫，由此王生追求芸娘的癡心與執着被充分表現出來了，一個情癡的形象被鮮活地勾畫出來了，王生思念芸娘的心理能量至此也已積蓄得非常大了。在此心理狀態下，癡想成夢就顯得比較自然了，夢中相見是一伸，夢驚而醒，又是一縮。又過了一年多，赴宴途中王生“信馬而去”，好像有什麼神奇的力量在牽引，竟然真的來到曾夢見過的江村，並且真的見到了芸娘——這反映的是作者在《葛巾》篇中所說的“懷之專一，鬼神可通”，這是“極力一伸”；當王生興致勃勃帶着聘禮去求婚時，芸娘父親卻說女兒已與別人訂婚，真是冷水潑面，這是“極力一縮”。幾經周折，有情人終成眷屬，但明倫分析道：“至此有風利不得泊之勢，疑其一往無餘矣，此則伸之又伸。”然而王生戲言一句，芸娘憤而投江，“積數載之相思，成三日之好合，一句戲言猶為了，滿江星點共含悲，此一縮出人意表，力量極大、極厚”，這一方面可見作者在結構安排上深厚的藝術功力，另一方面這一情節設置又不單純是為了曲折而曲折，而恰恰是出於表現人物性格、塑造人物形象的需要：王生向芸娘求婚時，芸娘就問：“既屬宦裔，中饋必有佳人，焉用妾？”她是不願做小妾的，婚後王生戲言家中已有妻子，她憤而投江，正反映了此一想法，由這一情節，芸娘自尊自重的性格特徵被充分表現出來了。“山重水複疑無路，柳暗花明又一村”，大起大落之後，作者還不願草草作結，但明倫分析道：“至大收煞處，猶不肯遽使芸娘出見，而以寄生認父，故作疑陣出之。”可見作者藝術用心之貫徹始終了。另外，本篇在篇法上運用了“雙提”法（參見《晚霞》篇相關分析），主線寫王生百折不回地尋找芸娘，芸娘見到王生後說：“妾此情難告父母，然亦方命而絕數家。金釧猶在，料鍾情者必有耗問耳。”由此可以想見她相思等待的過程，這與王生相思追求的過程“雙提”而相映成趣，“方命而絕數家”可見女主人公對愛的執着並不亞於男主人公，通過“雙提”法，兩位“鍾情者”的形象被栩栩如生地塑造出來了。

韓方

明季，濟郡以北數州縣，邪疫大作，比戶皆然。齊東農民韓方，性至孝。父母皆病，因具楮帛[1]，哭禱於孤石大夫之廟。歸途零涕，遇一人，衣冠清潔，問：“何悲？”韓具以告，其人曰：“孤石之神不在於此，禱之何益？僕有小術，可以一試。”韓喜，詰其姓字。其人曰：“我不求報，何必通鄉貫乎？”韓敦請臨其家。其人曰：“無須。但歸，以黃紙置牀上，厲聲言：‘我明日赴都，告諸嶽帝[2]！’病當已。”韓恐不驗，堅求移趾。其人曰：“實告子：我非人也。巡環使者[3]以我誠篤，俾為南縣土地。感君孝，指授此術。目前嶽帝舉枉死之鬼，其有功人民，或正直不作邪祟者，以城隍、土地用。今日殃人者，皆郡城北兵所殺之鬼，急欲赴都自投，故沿途索賂，以謀口食耳，言告嶽帝，則彼必懼，故當已。”韓悚然起敬，伏地叩謝，及起，其人已渺。驚歎而歸。遵其教，父母皆愈。以傳鄰村，無不驗者。

異史氏曰：“沿

途祟人而往，以求不作邪祟之用，此與策馬應‘不求聞達之科’者何殊哉！天下事大率類此。猶憶甲戌、乙亥之間，當事者使民捐穀，具疏謂民‘樂輸’。於是各州縣如數取盈，甚費敲扑[4]。時郡北七邑被水，歲祲[5]，催辦尤難。唐太史偶至利津，見繫逮者十餘人。因問：‘為何事？’答曰：‘官捉吾等赴城，比追樂輸耳。’農民不知‘樂輸’二字作何解，遂以為徭役敲比[6]之名，豈不可歎而可笑哉！”

注釋

1. 楮帛：祭祀用的紙錢。
2. 嶽帝：指泰山神東嶽大帝，據說他掌管人的生死。
3. 巡環使者：陰間巡視人間生死禍福的神。
4. 敲扑：鞭打。本指鞭打的刑具，短的叫敲，長的叫扑。
5. 歲祲：歲凶，荒年。
6. 敲比：同“追比”，指限期繳納，過期則敲扑的意思。

串講

這是一個諷刺性極強的小故事。齊東一帶流行瘟疫，韓方父母都染上了，韓方非常孝順，就燒紙錢求鬼神保祐父母。後來遇到南縣土地爺，告訴他瘟疫流行的原因：原來，嶽帝想提拔一批枉死之鬼，那些有功於老百姓或正直不作邪祟的鬼，可以擔任城隍、土地爺等職。現在這些用瘟疫害人的鬼，正是一批急着趕往京城向嶽帝自薦當官的鬼，他們沿途用瘟疫害人，是為了向人索要賄賂。南縣土地爺就教給韓方一個方法，讓他回家把黃紙放在牀上，厲聲說：“我明日赴京城，到嶽帝那裡告你們去！”這些鬼害怕嶽帝知道，自然就不敢再作祟害人。韓方回去照着做，父母果然病癒了，把這個方法傳給鄰村，一試也都非常有效。

評析

本篇旨在揭示“實”與“名”完全悖反的種種滑稽荒唐的社會現象，諷刺、批判色彩極濃。作者在“異史氏曰”指出：“沿途祟人而往，以求不作邪祟之用，此與策馬應‘不求聞達之科’者何殊哉！”——這尖銳地指出了在黑暗的官場，不僅僅有各種名不副實之事，而且還存在“實”與“名”完全悖反的現象。這種滑稽的悖反現象又不僅只出現在官吏的錄用之中，作者在“異史氏曰”還講了一個小故事，官吏一方面向皇帝上疏說農民“樂輸”，即非常樂意捐納糧食，一方面卻強制限期交納，過期則用刑毒打，也就是說“樂輸”是通過與“樂”完全悖反的強制、毒打來實現的！或許官吏每次毒打交不起（而非不願交）的農民都會說：“皇恩浩蕩，爾等理應‘樂輸’！”農民被打多了同時也聽多了這樣的話，於是就把“樂輸”與毒打聯繫在一起，以為“樂輸”是一種交不起賦稅就要被毒打的罪名，官吏就是如此地欺上瞞下，強姦民意，製造着一個又一個可歎而可笑的黑色幽默！“天下事大率類此”，而這些又非個別現象！